A sina de Ynácio Reysh

FILHOS DO SOL, FILHOS DA LUA

Editora Appris Ltda.
1.ª Edição - Copyright© 2021 do autor
Direitos de Edição Reservados à Editora Appris Ltda.

Nenhuma parte desta obra poderá ser utilizada indevidamente, sem estar de acordo com a Lei nº 9.610/98. Se incorreções forem encontradas, serão de exclusiva responsabilidade de seus organizadores. Foi realizado o Depósito Legal na Fundação Biblioteca Nacional, de acordo com as Leis n.os 10.994, de 14/12/2004, e 12.192, de 14/01/2010.

Catalogação na Fonte
Elaborado por: Josefina A. S. Guedes
Bibliotecária CRB 9/870

C957s 2021	Cruz, Berilo A sina de Ynácio Reysh: filhos do sol, filhos da lua / Berilo Cruz. 1. ed. - Curitiba: Appris, 2021. 163 p.; 23 cm. ISBN 978-65-250-1817-1 1. Ficção brasileira. 2. Luz. 3. Vida. 4. Amor. I. Título. CDD – 869.3

Livro de acordo com a normalização técnica da ABNT

Editora e Livraria Appris Ltda.
Av. Manoel Ribas, 2265 – Mercês
Curitiba/PR – CEP: 80810-002
Tel. (41) 3156 - 4731
www.editoraappris.com.br

Printed in Brazil
Impresso no Brasil

Berilo Cruz

A sina de Ynácio Reysh

FILHOS DO SOL, FILHOS DA LUA

FICHA TÉCNICA

EDITORIAL	Augusto V. de A. Coelho
	Marli Caetano
	Sara C. de Andrade Coelho
COMITÊ EDITORIAL	Andréa Barbosa Gouveia (UFPR)
	Jacques de Lima Ferreira (UP)
	Marilda Aparecida Behrens (PUCPR)
	Ana El Achkar (UNIVERSO/RJ)
	Conrado Moreira Mendes (PUC-MG)
	Eliete Correia dos Santos (UEPB)
	Fabiano Santos (UERJ/IESP)
	Francinete Fernandes de Sousa (UEPB)
	Francisco Carlos Duarte (PUCPR)
	Francisco de Assis (Fiam-Faam, SP, Brasil)
	Juliana Reichert Assunção Tonelli (UEL)
	Maria Aparecida Barbosa (USP)
	Maria Helena Zamora (PUC-Rio)
	Maria Margarida de Andrade (Umack)
	Roque Ismael da Costa Güllich (UFFS)
	Toni Reis (UFPR)
	Valdomiro de Oliveira (UFPR)
	Valério Brusamolin (IFPR)
ASSESSORIA EDITORIAL	Evelin Louise Kolb
REVISÃO	Andrea Bassoto Gatto
PRODUÇÃO EDITORIAL	Bruna Holmen
DIAGRAMAÇÃO	Yaidiris Torres
CAPA	Eneo Lage
ILUSTRAÇÃO	Rogério Adriano (Hoger)
COMUNICAÇÃO	Carlos Eduardo Pereira
	Débora Nazário
	Karla Pipolo Olegário
LIVRARIAS E EVENTOS	Estevão Misael
GERÊNCIA DE FINANÇAS	Selma Maria Fernandes do Valle

Ao nosso Criador
(Deus, YHWH, O Ser, G.A.D.U., S.A.D.U.
ou qualquer outra referência),
por ter nos proporcionado a Consciência.

LEMBRANÇAS & GRATIDÕES

Uma das melhores lições que apreendi em meu contínuo aprendizado foi "querer agradecer", sem exceção. Por isso, faço questão de registrar, nesta obra, meus agradecimentos a todos os que a voz de minha consciência apontara.

Ao meu saudoso pai, Arnaldo Pastor Cruz (†), pela maravilhosa oportunidade de ter sido seu filho.

À minha adorada mãe, Maria Helena.

À minha esposa, Luiza Cristina, e a nossos filhos, Heliza, Vitor e Sofia.

Às minhas amadas irmãs, irmãos e seus cônjuges, Maria do Socorro (Luiz Antônio Albuquerque), Arlena, Adriana Carla (João Manoel Correia), Arnaldo Jr. (Andréa Silva) e Adriano, filhos(as) e netos(as).

Aos meus avós (†) paternos, Berilo Pastor Cruz, Palmira Pastor (do coração) e Maria Augusta da Cruz.

Aos meus avós (†) maternos, José Monte Ferreira e Maria José Pinto Pereira.

Aos meus mais de 20 tios, tias e seus cônjuges, pelos maravilhosos momentos de convivência e de aprendizado:

Paternos — José (†) e Luiza, Francisco (†) e Geralda, Maria (Higino e Osman — ††), Hélio (†), Celina e Hunard (†), Luzinete, Miriam (†) e Edival (†), Rosiete e Manoel (†), Celsa e Renato, Maria Lúcia (†) e João, Maria José e Segismundo; e,

Maternos — Jane e Arione, José e Lia, Fernando (†) e Maria Iza, Rosa e Jurandir (†), Margarida e Hélio, Conceição, Manoel e Celina, Ana (Valença †) e Marquinhos, Aparecida, José Monte e Quitéria, Maria Oliva (†) e Maria de Lourdes.

Às dezenas de primos e primas, seus cônjuges, filhos e netos.

Aos sogros, Pedro e Teresinha, cunhados, cônjuges e filhos.

A todos os demais e incontáveis parentes, compadres, comadres, afilhados e afins.

Aos meus padrinhos e madrinhas, Miguel Rodrigues (†), Ester Machado Feitosa (†), Higino (†), Tia Ceiça e Roberto Alvim (†).

A todos os amigos e amigas que tive a alegria de conhecer e conviver nestas quase seis décadas de existência humana.

Aos meus ex-professores, mestres, colegas e alunos dos diversos cursos e níveis educacionais que tive a oportunidade de frequentar, como parte dos corpos docentes e discentes, militares ou civis.

Aos fratres e às sorores da A.M.O.R.C.; irmãos e irmãs da TOM; irmãos, cunhadas, sobrinhas e sobrinhos da família GOB/Maceió; confrades e confreiras da querida e jovem Academia de Letras de Pão de Açúcar (Alepa).

Minha eterna GRATIDÃO!

Deitar-me faz em verdes pastos, guia-me mansamente a águas tranquilas. Refrigera a minha alma; guia-me pelas veredas da justiça, por amor do Teu nome. Ainda que eu andasse pelo vale da sombra da morte, não temeria mal algum, porque Tu estás comigo; a Tua vara e o Teu cajado me consolam.

(Salmo 23, Davi)

PREFÁCIO

Com muita satisfação e honra, recebo o pedido do conterrâneo e neoconfrade, José Berilo Ferreira Pastor Cruz, para prefaciar sua obra. Não sei se estou à altura para esta empreitada.

Berilo, assim por todos carinhosamente conhecido, tem os seus prenomes em homenagem aos seus avôs.

O paterno, proeminente agropecuarista da nossa região, dono de "muitas léguas de terra" — no jargão regional — situadas no povoado Machado, em terras de Jaciobá.

Conhecido como homem justo e honesto, "seu" Berilo legou a Pão de Açúcar uma prole numerosa que seguiu à risca os ensinamentos do patriarca, tornando-se — todos — homens e mulheres respeitados e admirados no seio da nossa sociedade.

Não conheci o patriarca, mas ouço o nome e as boas referências desde a minha mais remota infância. Entretanto, conheci seus filhos, filhas e netos; com alguns, travando intensa amizade em que pese a diferença etária — especialmente com D. Mirian, Malá (que me chamava de irmão) e Arnaldo (com quem, anos depois, viria a ser colega na Secretaria da Fazenda do estado de Alagoas).

Da mesma forma, o lado materno do autor...

Arnaldo desposa Maria Helena, da grande família Monte Ferreira.

José Monte Ferreira, aposentado como "fiscal de rendas do estado", foi um dos grandes amigos do meu também já saudoso pai, frequentador assíduo do "senadinho" noturno à porta da loja "A Triunfante", onde, por muitas vezes, com ele conversamos.

Era um homem de espírito empreendedor e irrequieto, participativo na vida da nossa sociedade (presidente do sindicato dos proprietários rurais, integrante do Lyons Clube e diretor do Iate Clube Pão de Açúcar), comerciante e possuidor, também, de muitas "tarefas" de terra, e com prole numerosa, da qual tenho orgulho de ser amigo de infância/juventude — Margá, Ceiça, Ana, Tida e, especialmente, Neco (Manoelzinho) —, este último companheiro de muitas aventuras; à exceção dos primogênitos, que migraram para outras terras ainda jovens.

D. Maria Monte, além de cuidar dos inúmeros filhos, era uma participante ativa de todos os movimentos culturais e religiosos de Pão de Açúcar. Ao lado da minha genitora, empreendeu, criou e manteve em funcionamento diversos movimentos sociais e recreativos.

Chego a José Berilo Ferreira Pastor Cruz...

Com tantas boas referências familiares, sua trajetória pessoal não poderia deixar de ser exitosa.

Integrante destacado das escolas por onde passou, a dedicação e os exemplos familiares de pais e avós forjados em sólidos conceitos familiares, é um homem bem-sucedido. Fez carreira destacada no Corpo de Bombeiros Militar do estado de Alagoas, é membro de diversas associações civis e provedor de uma bela família.

Recebi, com muito entusiasmo, a informação de que Berilo e sua genitora Maria Helena (mestra da Universidade Federal de Alagoas) haviam adentrado ao caminho das letras e não hesitei, por um segundo, em formular convite para que ambos ingressassem na Academia de Letras de Pão de Açúcar, o que aconteceu há alguns meses.

Residindo em Maceió, mas sem perder o vínculo com a terrinha, Berilo nos surpreende com *A sina de Ynácio Reysh: filhos do Sol, filhos da Lua*, romance situado em nossas plagas, com início no final da década de 1960.

A estação rodoviária de Maceió, no bairro do Poço, por onde tanto transitamos e presenciamos cenas das mais bizarras, é palco de um crime aparentemente "de mando", como tantos outros cometidos em nome da "justiça ou vingança pessoal"; fato que, a contragosto e extremamente revoltante, povoou nossa infância/juventude.

A personagem Carla, com apenas 21 anos, tem o pai assassinado praticamente em seus braços naquele local, logo ao desembarque do transporte coletivo.

A juventude e o ímpeto da jovem estudante a trazem de volta às suas origens no interior do estado, mais precisamente à zona rural do povoado Machado que, infelizmente, até alguns anos atrás, ainda presenciou inúmeros episódios sangrentos entre famílias da localidade.

Recebida com festa ao ser reconhecida pela tia Ynês e pelo cão Bigode, exatamente no último dia do ano, presencia mais um episódio de violência quando, durante o jantar comemorativo ao

Novo Ano, o convidado e amigo da família, Cosme, é atingido de raspão por tiros deflagrados por um personagem desconhecido, envolto nas sombras da noite.

Ynês, a tia, ainda não estava ciente da morte de Ynácio Reysh. Por aquele tempo, não havia as facilidades que hoje temos no quesito comunicação. Os telegramas demoravam dias para chegar à zona rural, advindos do eixo Maceió/Pão de Açúcar/Palestina, razão pela qual Carla resolveu voltar às origens, informando a parentes e amigos sobre o assassinato e servindo-se da oportunidade para, também, esclarecer dúvidas sobre o passado dos seus pais, da sua família.

O autor, com riqueza de detalhes, descreve as cenas em minúcias imperceptíveis aos olhos de um simples mortal, envolvendo-nos e remetendo-nos a paisagens e cenários que só existem — infelizmente — no nosso imaginário. A "falta de tempo" sempre está a nos impedir de uma visita a esses sítios, povoados e fazendas, onde famílias ainda conservam as coisas exatamente como no período em causa.

O poeta Jessier Quirino (Itabaiana/PB) descreve essas cenas nos versos de "Paisagem de interior" ou na belíssima "A cumeeira de aroeira", em que a "madeira" dotada de vida observa do alto e descreve todos os cômodos de uma típica casa-grande, situada em uma fazenda imaginária.

A sina de Ynácio Reysh: filhos do Sol, filhos da Lua tem a propriedade de nos transportar no tempo, fazendo referências ao cemitério Nossa Senhora da Piedade, onde tive o meu primeiro filho — natimorto — sepultado e por onde, muitas vezes, passei a noite (vindo de eventos nos quais participei como músico) com muito medo de me deparar com "o homem da capa preta", lenda ainda passada de pai para filho em nossa capital.

Lembra-nos do riacho Farias, fonte de vida em seus períodos de perenidade e de tristes lembranças pelos estragos que causa — inclusive, ceifando vidas humanas e animais quando "ronca" ao sabor das trovoadas.

Pão de Açúcar, Palestina, Belo Monte e os povoados Machado, Meirús e Poço do Sal, a Serra do Xitroá (Serra de Pão de Açúcar), com a sua Pedra do Navio, são descritos com propriedade pelo autor, que nos insere em acontecimentos e fatos típicos de cada um deles. Por exemplo, as eficientes e prestimosas "enfermeiras do Serviço

Especial de Saúde Pública (Sesp)" que visitavam todo o nosso município, levando orientação e medicamentos às famílias citadinas e campesinas.

Personagens estimados, conhecidos e reconhecidos no nosso meio, são citados com propriedade, prosseguindo a "sina" envolta em mistérios, os quais queremos avidamente ajudar a desvendar, adentrando pela povoação do Baixo São Francisco por portugueses, espanhóis e holandeses que, subindo até o alto sertão — diz a lenda — por aqui enterravam seus tesouros; um deles perseguido em dias mais atuais, sem sucesso, pelo saudoso escritor e biógrafo Aldemar de Mendonça (Dema), em região próxima ao povoado Ilha do Ferro, cujos habitantes são, reconhecidamente, descendentes de holandeses.

Deixemos ao leitor ir ao final desta trama, urdida em fatos fictícios, mas tão reais ao nosso cotidiano pelo local onde se desenrolam, pelos personagens coadjuvantes e citados, bem como pelo autor, que nos presenteia como um episódio "acontecido" em nossa plaga tão amada.

É, sem dúvida, *A sina de Ynácio Reysh: filhos do Sol, filhos da Lua* uma leitura intrigante e instigante, digna de integrar as melhores bibliotecas!

Giuseppe Ribeiro Gomes da Silva

Músico (OMB/AL 135).

Escritor (Contista).

Analista Judiciário do Tribunal de Justiça do estado de Alagoas.

Membro correspondente da Academia Maceioense de Letras: cadeira n.º 40 — patrono: escritor Aldemar de Mendonça.

Sócio efetivo/fundador e atual presidente da Academia de Letras de Pão de Açúcar (Alepa): cadeira n.º 10 — patrono: escritor Aldemar de Mendonça

APRESENTAÇÃO

Esta obra, *A sina de Ynácio Reysh: filhos do Sol, filhos da Lua*, fora elaborada com a intenção maior de estimular a leitura daqueles que gostam de um bom relaxamento mental.

Fora incutida, em boa parte, com vários fatos, personagens e locais meramente fictícios. Alguns desses personagens, locais e fatos aqui citados, não obstante, são reais e servirão, com certeza, para avivar naqueles leitores mais afoitos e curiosos o desejo de conhecer "in loco" tais enlaces.

Também miramos nas novas gerações, proporcionando conhecerem um pouco da realidade socioambiental vivenciada por aquele povo sofrido e trabalhador do nosso sertão, os verdadeiros inspiradores e escritores de nossa história.

Gostaríamos de fazer uma leve advertência quanto a possíveis e futuras ilações a fatos e alusões, mesmo os não fictícios aqui publicados, de inteira responsabilidade deste autor.

Entendimentos e/ou compreensões diversas da real intenção deste autor podem ser grifados como "inadequados, chocantes, discriminatórios, ofensivos", dentre outros adjetivos possíveis e imagináveis. Respeitaremos tais insinuações. Todavia, afirmamos que quaisquer dúvidas a respeito desta obra devem ser dirigidas e dirimidas por este autor.

Estaremos de pé e à ordem para destrinchá-las na primeira oportunidade por meio do e-mail: joseberilofpc@gmail.com.

Procuramos fugir um pouco do cansativo esquema tradicional de formatação literária. Com tantas regras, os objetivos maiores dos simples hábitos de escrever e de ler, por prazer, poderiam ficar enfadonhos e desinteressantes.

Elaboramos este livro para ser lido por "mentes abertas", sem amarras sociais, religiosas, culturais, jurídicas ou de qualquer natureza humana.

Portanto, esteja preparado para uma viagem entre colunas, alicerçada na melhor das intenções de leitura; sujeita a críticas e a debates, óbvio.

Fortalecer elos socioculturais, combater e escancarar vícios, além de erguer altares às virtudes humanas sempre serão objetivos perseguidos por nossas peças de arquitetura.

Afinal, somos humanos e o que temos de mais comum são os erros no persistente caminho do aprendizado e da perfeição.

Que atire a primeira pedra aquele que nunca errou!

(a.d.)

Quaisquer nomes, fatos e/ou assertivas aqui contidos podem não ser meras coincidências, nem semelhanças...

(O autor)

A César o que é de César, a Deus o que é de Deus!

(a.d.)

ABREVIATURAS, LEGENDAS E SIGLAS

a.d. — Autor desconhecido, para mim

Alepa — Academia de Letras de Pão de Açúcar

A.M.O.R.C. — Antiga e Mística Ordem Rosae Crucis

G∴A∴D∴U∴ — Grande Arquiteto do Universo

Gelukkig nieuwjaar — Feliz Ano-Novo, em holandês

GOB — Grande Oriente do Brasil

IML — Instituto Médico-Legal

PM — Policial militar

S∴A∴D∴U∴ — Supremo Arquiteto do Universo

Sesp — Serviço Especial de Saúde Pública

TOM — Tradicional Ordem Martinista

VOC — Vereenigde Oost-Indische Compagnie — Companhia Holandesa das Índias Orientais

YHWH — Tetragrama que, na Bíblia hebraica, indica o nome próprio de Deus

SUMÁRIO

CAPÍTULO 1
UM RECOMEÇO..**19**
   1.1 A FORÇA DO CARMA...19
   1.2 DE VOLTA ÀS ORIGENS.....................................25
   1.3 ENFIM, EM CASA..30
   1.4 ESTRANHOS SINAIS..40
   1.5 A LONGA NOITE DE FINAL DE ANO..........................46
   1.6 SURPRESA NO RÉVEILLON..................................51

CAPÍTULO 2
REVELAÇÕES...**63**
   2.1 UM NOVO ANO...63
   2.2 CAMINHOS E DESCAMINHOS..................................68
   2.3 EM TERRA FIRME..75
   2.4 NASCE A SINA..82
   2.5 VIDA QUE SEGUE..85
   2.6 ARY NASCE, ARYANNE MORRE................................97
   2.7 EU SOU...105

CAPÍTULO 3
QUEM SOIS...**115**
   3.1 ANYKA REYSH..115
   3.2 DEPOIS DA TEMPESTADE, A BONANÇA........................121
   3.3 OUTRA CHANCE...124
   3.4 UM NOVO AMANHECER......................................130
   3.5 SÍTIO ALEGRIA..134
   3.6 YNÁCIO NASCEU..141
   3.7 A LONGA CAVALGADA......................................146
   3.8 O MACAMBÚZIO...151

FONTES DE CONSULTA...**163**

CAPÍTULO 1

UM RECOMEÇO

1.1 A Força do Carma

Finalzinho de tarde. Véspera do último Natal daquela tão conturbada década de 60 (século XX).

Ynácio está desembarcando no terminal rodoviário da capital Maceió, bairro do Poço, quando os últimos raios de Sol começam a deixar de brilhar.

O dia tinha sido chuvoso e nem o odor fétido exalado do já poluído riacho Salgadinho — outrora fonte de lazer e de sustento para alguns moradores dessa cidade, mas que até seu percurso original fora modificado em nome do tal "progresso" — o incomodara mais do que os solavancos daquela que será a sua última visita ao interior, onde vivera uma boa parte de sua juventude.

Mal toca o pé no molhado e lamacento piso da estação que, por sinal, ferve de pessoas devido à véspera desta data, o Natal — época festiva milenar em várias culturas antigas e, como muitas outras, adaptada pela religião católica apostólica romana —, num chega e sai frenético de ônibus e passageiros, ouve uma voz familiar:

— Pai, aqui!

Ynácio volta seu olhar para frente.

Olhar este já cansado da viagem, agravado pela idade, próxima dos 60 anos, acrescido pela catarata, que lhe ataca os olhos e incomoda bastante sua visão.

Vislumbra a silhueta de sua tão querida e única filha, respondendo, de pronto:

— Meu bebê, finalmente cheguei!

Carla é conhecedora de que aquele percurso rodoviário, invariavelmente, sofre atrasos, quando não se fica no caminho esburacado das estradas que levam ao sertão das Alagoas, à espera de um veículo substituto, pois lá tem fincada sua raiz.

— Que alegria em te ver!

Até aqui, não sabe Ynácio, mas só terá sopro de vida para pronunciar mais um monossílabo.

Falta-lhe, então, tempo hábil para terminar de bradar essa fala, não conseguindo sequer concluir seu raciocínio e externar o desejo de agradecimento por sua filha ter ido lhe esperar na rodoviária.

Ynácio queda-se.

Tem seu intento de continuar falando com a filha interrompido por uma voz seca, direta, de alguém que se lhe aproxima, pela sua esquerda, indagando-o:

— Senhor Ynácio? Ynácio Reysh?

Antes de transitar para perto do Pai Celestial — na morada eterna, para alguns afoitos aos mistérios; no céu, para outros; ou no inferno, conforme seguem as páginas. A escolha será de livre-arbítrio dos leitores —, ele expressa, surpreso, o que constituirá seu último monossílabo:

— Sim...

Neste momento, estampidos de uma arma de fogo, um três-oitão, na gíria marginal (revólver calibre 0,38), ecoam por todo o recinto.

Como quem fora atingido por vários coices de um quadrúpede, Ynácio, em um milésimo de segundo, assiste a partes e instantes de vários filmes.

Dezenas de cenas vivificadas são liberadas em pensamentos — essa poderosa energia que nos une ao Eterno e ao invisível.

Encerra-se, a partir daí, sua existência espiritual neste mundo material — pelo entendimento de uma boa parte dos mortais.

Alguns humanos duvidam e afirmam que essa energia poderosa — o espírito, que anima nosso ser, dando-lhe vida e consciência — ainda permanece e perambula entre nós, por aí, meio perdida; atordoada com os efeitos dessa passagem, dessa transição, de volta à sua verdadeira origem.

Ao final do seu último sopro, novamente convalescente, ainda nesse lapso temporal, Ynácio relembra uma verdadeira surra que levara de um potro ao tentar domá-lo em suas épocas de matuto e vaqueiro. Dessa feita, não terá chance de recuperar a saúde.

Sentindo fortes dores no peito, a garganta sufocando sua respiração por um líquido de gosto que lhe é bem familiar — sangue —, Ynácio cai, imediatamente, ao chão.

Sequer ouve as desesperadas palavras de Carla, sua agora atônita e filha órfã de pai e mãe:

— Pai! Não! Por quê?

O jovem atirador, sem satisfação a dar e antes de desaparecer em meio àquela multidão atônita, coloca um papel, com alguns dizeres, sobre sua vítima.

Foge em direção ao matagal existente ali perto, num morro existente por trás, entre a estação rodoviária e o Colégio Batista — este, situado logo acima, onde se situa o bairro do Farol, já na parte alta da cidade.

Carla, mesmo entrando em desespero, não tendo mais a claridade do dia em seu favor, ainda olha o meliante se evadindo daquele agitado lugar.

Tem a leve impressão, não obstante, de que conhece aquela silhueta.

Quase entrando em estado de choque, ela ainda tenta socorrer o pai.

Não obstante, os tiros certeiros a que fora acometido, atingindo-lhe as fossas nasais, a garganta e o plexo solar, ceifam-lhe a vida rapidamente.

Carla conjectura:

— Parece até trabalho de um assassino frio, contratado para esse tipo de ato sujo, repugnante!

Histórias do passado, envolvendo o falecido e de que não gosta de lembrar, começam a dominar sua consciência.

Ela, simplesmente, reage travando seus pensamentos.

O Natal daquela jovem senhorita, que mal celebrara os seus 21 anos de vida, já não faz mais sentido.

Pior, a existência do seu pai era a única certeza de companhia que teria naquela noite.

Duvida de que seu novo namorado também possa lhe fazer companhia. Aquela noite será uma das mais longas de sua vida.

"O rabecão", após quase uma hora do ocorrido, chega e recolhe o corpo de Ynácio para o IML. Um procedimento de praxe, para fins periciais, uma vez que a morte fora violenta e com utilização de uma arma de fogo.

Com os levantamentos policiais prévios, surge mais um fato que faz Carla raiar o dia acomodada em um dos bancos de cimento da Praça da Faculdade: fora constatado pela polícia judiciária, após um minucioso exame datiloscópico, que seu pai é um velho foragido da lei, com um mandado de prisão em aberto.

Somando ao fato trágico da morte de seu pai, essa notícia soa como um gatilho para despertar de vez a vontade de buscar muitas respostas a perguntas que sua mente já vinha escrevendo em uma espécie de agenda virtual.

Como se diz, o mundo virou de cabeça para baixo para ela.

Carla tem, bem definida, uma grande certeza: está na hora de conhecer os detalhes de sua própria história.

Com muito esforço, acabara de finalizar o 3º ano do período científico, devido a uma deficiência escolar de base.

Na infância, começara a estudar com um pouco de atraso e dificuldades, pois a unidade de ensino mais acessível e viável era a Escola Estadual Manoel Francisco Pereira Filho, no então povoado Retiro.

Nos últimos dias, estava se preparando para ingressar no ensino superior; um sonho perseguido por ela e um grande desejo do, agora, falecido pai.

Em sua bolsa a tiracolo sempre costuma portar algumas fichas de orelhão; todavia, os poucos contatos telefônicos que possui são de colegas de escola.

Àquela hora, não quer incomodar ninguém.

A única pessoa da familiar que conhece mora no interior do estado, sem acesso à rede pública de telefonia. Aliás, sequer rede elétrica e água canalizada chegaram próximo ao rincão onde nascera e passara boa parte de sua vida. Enviar um telegrama para essa parente demorará mais do que ir pessoalmente avisá-la.

Ela mora em um sítio e os postos de correios das cidades mais próximas, Belo Monte ou o jovem município de Palestina, não fazem entregas de correspondências comuns na zona rural.

Ademais, mesmo sendo mais distante, sua tia Ynês mora em terras de Pão de Açúcar, que também não oferece esse tipo de serviço, porta a porta, aos moradores distantes da sede postal dos correios.

Decide, então, fazer o percurso de volta a que Ynácio acabara de realizar. Precisa passar tudo a limpo.

Enquanto está sentada no banco da praça, com as sinapses em seu cérebro a torturá-la em pensamentos diversos, não consegue colocar em ordem as ideias.

De repente, sente um calafrio semelhante àquele que os animais possuem como instinto de sobrevivência. Tem uma leve e incômoda sensação de que alguém a está observando, com más intenções.

Nesse momento, agradece a companhia do soldado PM DA SILVA, deslocado da porta do IML por ordem do Dr. Duda, médico-legista, para lhe resguardar.

O galo já cantara e essa praça não propicia segurança aos seus usuários nesse turno.

Finalmente, consegue a liberação da guia de sepultamento por parte do IML, ocorrida somente no começo da tarde da segunda-feira, diante de autorização prévia do cemitério público Nossa Senhora da Piedade, situado ali próximo.

Essa necrópole é famosa por ostentar, em sua frente, o túmulo com uma capa preta.

Carla consegue uma cova simples para enterrar o seu adorado pai.

Após lacrar o féretro, o jovem coveiro entrega-lhe o papel, embebido em manchas de sangue, que estava colado à roupa do defunto e passara despercebido no IML.

Carla, com alguma dificuldade, ainda consegue decifrar o que nele está escrito:

> Deitar-me faz em verdes pastos, guia-me mansamente a águas tranquilas. Refrigera a minha alma; guia-me pelas veredas da justiça, por amor do Teu nome.

> Ainda que eu andasse pelo vale da sombra da morte, não temeria mal algum, porque Tu estás comigo; a Tua vara e o Teu cajado me consolam. (Salmo 23).

Retorna ao IML e o entrega para ser periciado.

Ynácio, assim que a filha completara maior idade, pedira-lhe para abrir imediatamente uma conta em nome dela e que lhe passasse os seus dados bancários.

Apesar de Carla ter depositado, com certa frequência, quantias que lhe eram entregues por seu pai, bem como as raras realizações de pagamentos em transações bancárias obrigatórias, nunca lhe passara pela cabeça a curiosidade de saber quanto tinha ali depositado em seu nome.

Qual surpresa tem quando precisa sacar uma quantia de dinheiro em espécie para arcar com as despesas do sepultamento! Constata possuir um saldo bancário equivalente a mais de 200 salários mínimos em cruzeiro novo. Indaga a si mesma:

— Qual será a fonte dessa riqueza? Em que meu pai trabalhava mesmo? Ele sempre desconversara quando indagado sobre isso.

E mais:

— Por que meu pai pedira para eu registrar em cartório, em meu nome, diretamente do vendedor, o imóvel em que morávamos? Decididamente, preciso saber.

Desde a morte de seu pai até o momento do enterro, não tem nenhum contato com≠ o atual namorado, Antony. Ele, que se demonstrara uma pessoa muito solícita, parece que a entende muito bem.

— É fácil interagir com ele. Talvez Tonho — como carinhosamente o chama — sequer tenha sabido do ocorrido. Também, não tive um descanso sequer nem cabeça para contatá-lo até esse triste momento de despedida. Irei procurá-lo — decide.

— Preciso lhe dar uma satisfação. Afinal, ele sempre é tão gentil comigo, mesmo ainda não sabendo bem sobre sua família. Sei apenas que ele também tem suas raízes fincadas no interior de Alagoas.

— Ele finalizou um curso técnico de contabilidade há alguns anos e está hospedado na casa de familiares em Maceió, à procura de emprego para si.

— Disse-me que em sua cidade não há oportunidades de exercer seus conhecimentos nessa área. De qual cidade mesmo ele é? Ainda não lhe perguntara.

Até essa trágica data, nunca fora uma pessoa curiosa sobre a vida alheia. Nem mesmo a sua.

— Será um defeito ou uma virtude minha essa forma de pensar sobre a intimidade dos outros?

Desolada e solitária, decide se recolher em casa e planejar, de imediato, todos os passos a percorrer para atingir seu novo intento, mesmo com o risco da própria vida.

— Afinal de contas, que sentido terá viver sem as respostas que me atormentam a cabeça?

Naquele mesmo dia, Carla começa a esquematizar sua viagem ao interior do estado. O destino: o sítio em que sua tia mora, próximo e entre os povoados Machado e Poço do Sal, em terras de Pão de Açúcar.

— Levarei o mínimo de roupas, pois sempre deixo umas peças por lá — as mais surradas, as mais adequadas para o sempre agitado e pesado dia a dia daquela região.

Planeja, como se aproxima o final de ano, cear com sua tia antes do réveillon.

— Será uma boa oportunidade para conversarmos. Espero raiar o novo ano sabendo tudo sobre mim e minhas origens.

1.2 De Volta às Origens

Os ponteiros do seu relógio de pulso marcam 4h29 da madrugada, do dia 31 de dezembro de 1969, quando Carla desembarca de um táxi na rodoviária de Maceió para entrar no ônibus que a transportará ao interior do estado.

O coletivo, que a levará em direção a Pão de Açúcar, tem saída marcada para as cinco horas desta manhã e as passagens se esgotam rapidamente.

Nessas datas festivas, os ônibus que partem em direção ao interior do estado sempre andam assim, lotados. Inclusive, de passageiros em pé. Imaginem como acomodam as bagagens...

Sorte sua que seu namorado, Antony, após contatá-lo, se oferecera para comprar a passagem assim que lhe informara do ocorrido com o pai e de suas intenções.

— Não quero arriscar perder essa viagem de jeito nenhum!

Ciente de que a viagem será longa, cansativa e imprevisível devido, principalmente, à sempre precária malha rodoviária e aos diversos pontos de paradas obrigatórios, gosta de viajar com um pouquinho de conforto, sentada em uma poltrona.

Aprendera com seu pai, desde cedo, que se antecipar a fatos previsíveis sempre traz vantagens e evita aborrecimentos posteriores.

O fato de estar mais uma vez naquele ambiente público, onde mal passara uma semana e testemunhara o assassinato, a sangue frio, de seu genitor, é-lhe por demais desconfortável. Todavia, isso não a obstaculiza em enfrentar tal necessidade.

Sua determinação em conhecer a fundo o seu próprio passado que, óbvio, inclui, necessariamente, o de seu pai e de demais familiares, torna-se ponto essencial para ter paz e buscar por uma possível justiça. Assim, arrazoa.

Decerto, há muitas perguntas em sua mente que precisam de respostas imediatas. Está disposta a enfrentar todas as consequências para isso.

Algumas, ela acha essenciais. Tenta modelar:

— Por que meu pai sempre evitou falar sobre minha mãe, meus avós, tios, enfim, minhas origens?

— Por que nunca me deixou passar as férias sozinha com minha única tia conhecida, Ynês, mesmo ela morando um pouco isolada da sociedade, em um sítio à beira de uma estrada de barro, de acesso restrito e limitado?

— Próximo dela, só há alguns casebres, num lugar ignorado até pelo poder público local. Por que morar tão isolada? Quase nenhuma vivalma existe ou perambula por aqueles rincões...

— Por que tenho a tez clara, se a grande maioria das pessoas daquele local possui a cor da pele mais escura, algumas com cabelos pretos escorridos como os antigos indígenas que ali habitaram?

É próximo do meio-dia quando desce do ônibus em frente ao povoado Meirús, já em terras de Pão de Açúcar. Ali se tornara, de improviso, seu ponto de desembarque.

O ônibus, toda vez que chove demais na região, deixa de transitar pelo povoado Lagoa de Pedra e, consequentemente, de transportar os passageiros com destino a Palestina.

A chuva deixara a estrada que liga esse povoado ao antigo Retiro intransitável para esse tipo de veículo coletivo, fato esse comum e recorrente.

Ao desembarcar no Meirús, Carla se lembra de uma das várias histórias que seu pai adorava lhe contar antes de dormir.

Certa feita, contara-lhe que, em uma de suas constantes andanças, durante uma visita à fazenda Bananeiras, propriedade rural de um conhecido seu, José do Sindicato, onde costumava pernoitar na casa de "Mané Leite", seu fiel vaqueiro, recebera um elogio de bravura, prolatado pela esposa desse fazendeiro.

Dona "Maria de José", filha do prefeito local na época, Manoelzinho, dissera-lhe que tinha muita consideração por ele ter ficado ao lado de seu parente, Pereirinha, oferecendo proteção preventiva quando esse povoado fora atacado pelo bando de Lampião.

Esses cangaceiros tentaram extorquir alimentos e dinheiro de fazendeiros e produtores rurais locais.

Naquela época, vários fazendeiros se recusaram a atender às exigências do cangaço, chegando mesmo a enviar mensagem de desafio ao bando do famoso meliante.

Tal comportamento, com certeza, acirrou os ânimos dos líderes do bando, os quais resolveram cristalizar suas ameaças.

Dentre esses bravos e resistentes fazendeiros, incluía-se Seu "Pereirinha", como era conhecido — um descendente dos desbravadores, como tantos outros, que se fixaram nessa região. Na época, era o proprietário de boa parte das terras em que se situa o povoado Meirús.

Seu Pereirinha escondera sua produção de algodão na capela local, achando que ela estivesse a salvo de quaisquer malefícios.

A fama corrente sobre o cangaceiro era de que se tratava de uma pessoa muito temente a Deus. A igreja era considerada um solo sagrado e se achou que ela seria poupada no caso de algum confronto violento.

Não teve jeito.

Em meados de janeiro de 1927, as terras de Seu Pereirinha foram invadidas. Praticamente, não houve confronto entre os cangaceiros e os trabalhadores locais.

A igreja fora queimada assim mesmo, com tudo o que ali dentro tinha, pelos andarilhos armados.

Essas memórias trazem até um alento a Carla, que começara uma jornada sem sequer saber como seria seu final. Ainda são tempos difíceis por ali.

Será uma boa caminhada para aquela jovem, num Sol escaldante do meio-dia, até chegar ao sítio da tia Ynês. Quase duas léguas de distância as separam.

Pelo menos, a chuva da véspera aliviara a secura na garganta de Carla, pela baixa umidade; aspecto climático típico dessa ensolarada região. Para apimentar mais, a fome já a incomoda e sua tia sequer sabe de sua vinda.

—Com certeza, isso não será problema. A comida nunca faltara à mesa daquela casa, mesmo sendo bem diferente da que costumava degustar nos últimos anos.

Aliás, determinada a seguir caminho, o que mais a preocupa é que nem mesmo sabe se sua tia ainda mora por lá. Já faz mais de dois anos que a visitara.

Seu pai morrera ao voltar dali, não lhe oportunando a vida tempo de contar qualquer novidade sobre a viagem que fizera e lhe antecedera.

A comunicação direta não existe. Escrever cartas não é um costume familiar, nem viável para o assunto que urge.

—Ora, minha tia é letrada... Onde será mesmo que ela estudou?

Carla pega a sua mala de tecido, que levara na viagem o tempo todo em seu colo, com medo de que fosse extraviada. O sumiço de bagagem é fato corriqueiro e não gostaria que acontecesse consigo. Ademais, levar a bagagem no colo facilita o desembarque do ônibus.

Encara a poeira que se levantara com a partida do coletivo e põe-se a caminhar pela estrada secular, piçarrada naturalmente, que liga esse povoado ao também secular povoado Machado.

O Sol castiga e parece ferver o seu juízo. Não andara um décimo de hora, quando a sorte lhe sorri: vê um veículo se aproximando em sua direção, no mesmo sentido em que segue. Dá com a mão em pedido de ajuda e o carro para.

Trata-se de um tipo de veículo bem conhecido e adequado às intempéries das estradas locais, um Jeep Willys, cujo proprietário é o fazendeiro Bel, vizinho de suas terras. Este transita em companhia de um de seus vaqueiros — um jovem senhor, esguio, mas com um jeito de pessoa muito disposta, que depois soubera ser um de seus genros e ajudante.

Eles estão retornando da sede do município, aonde tinham ido ao armazém de Andrade para comprar algumas ferragens.

Também foram em busca de orientações com o senhor Domingos, para adquirir remédios em sua farmácia com o finco de continuar no tratamento da esposa de um de seus trabalhadores, que convalescia de dores pós-parto.

O senhor Bel também era conhecido de seu pai. Ynácio costumava sair para caçar com um de seus filhos, Barreto, pelas terras no entorno do sítio.

A sede de seu imóvel rural fica naquele povoado, onde margeia o sítio, morada de sua tia. São algumas centenas de hectares.

Parece que esse senhor faz vistas grossas aos trabalhadores rurais carentes de moradia própria que, aos pouquinhos, apossam-se das extremidades de suas terras, como também as doa a seus empregados.

Daí, estimulara o nascimento de alguns povoados. Dentre eles, Poço da Volta, Machado de Baixo e Poço do Sal. Este último, vizinho ao destino de Carla.

Aquela carona lhe evita muitos calos nos pés e alivia sua fome, uma vez que fora convidada e almoçara na casa-sede desse ruralista, conhecido por sua hospitalidade às pessoas que se dirigem às suas terras.

Lá, conversara com dona Mira, a sua atual esposa e chefe da casa. Um doce de pessoa: simples e afável.

Não se livra, ainda, de outra iminente provação.

Como havia chovido muito forte na véspera, ao se aproximar do seu destino, descendo a ladeira que segue após o povoado Poço da Volta, defronta-se com a fúria das águas do pedregoso riacho Farias.

Ou enfrenta e o transpõe a pé, ou fica o restante da tarde a ver as águas rolando e torcendo para não chover mais, à espera de o nível do riacho baixar.

A incerteza de que a inércia será a melhor alternativa se desfaz quando no céu se formam nuvens escuras, as quais se aproximam da região onde está.

Ainda é convidada por Virgínio e por Bernardes para repousar aquela noite em suas residências. Sugeriram que seguisse viagem na manhã seguinte.

Carla não quer pagar para ver acontecer e agradece ao gesto de hospitalidade recebido desses vaqueiros, residentes locais.

Num dado lapso de reflexão, começa a perceber e sentir a força interior que lhe brotara e que lhe era, até então, desconhecida, não obstante, pertinente ao momento.

Coloca a mala de viagem colada à cabeça, apoiada sobre seu ombro direito, levemente deitada de lado, segura-a com firmeza em direção ao seu ouvido.

Levanta o vestido com a outra mão, deixando-o ao nível de sua cintura.

Avança, firmando pacientemente os pés contra a correnteza, sobre as pedras do leito do riacho, até vencê-la e chegar à outra margem dele.

Tal cuidado não adianta muito, pois os sacolejos durante a travessia a fazem bambear e mexer nas águas até quase perder o equilíbrio.

A certa altura, o que lhe importa é mesmo salvar a si própria de um tombo ou de outra tragédia física maior e resguardar a posse de sua mala de pano, já toda encharcada.

Pelo menos, esse inesperado e refrescante banho ameniza o calor que sente e dá-lhe ânimo para enfrentar mais uma ladeira a subir.

— Ainda bem que esta é mais suave, apesar de extensa.

O que lhe alegra é que, finalmente, está bem próxima de seu destino, a pouco menos de dois quilômetros.

A ansiedade de poder, mais uma vez, estar de volta àquele ambiente familiar, que tantas lembranças boas lhe proporcionam, toma conta do seu ser.

Apesar das limitações em sua liberdade de ir e vir, que lhe foram impostas por seus tutores, somente o fato de estar de volta ali alivia seus pensamentos.

Experimentando toda a liberdade que alguém pode ter, sente-se segura com as últimas decisões tomadas em sua vida. Identifica-se com uma daquelas pessoas que seu pai disse que ela seria um dia:

— Tornei-me uma adulta, finalmente — conclui.

Segue ladeira acima.

Sente-se muito mais forte, muito mais segura de si mesma.

1.3 Enfim, em Casa

O Sol começa a abrandar quando Carla se aproxima da velha porteira que, simbolicamente, serve como marco de entrada das terras onde passara toda a sua infância e uma parte de sua adolescência.

A porteira, de aproximadamente dois metros e meio de largura, por um e sessenta de altura, fora confeccionada, de forma artesanal, por seu avô, Ary, não sabendo se esse ascendente era paterno ou materno.

Ela fora feita com lascas de angico, banhada em sebo de carneiro — agora, com várias camadas de óleo queimado.

Cravada em um mourão de braúna, talhado por machado, de idade tão antiga quanto seu pai, aparenta ser a mesma que sempre conhecera desde que se vira como gente.

Ao lado do mourão, está fincada uma estaca de miolo de craibeira, um pouco mais alta, que suporta uma placa disforme de madeira de mulungu com o dizer, talhado irregularmente, que pode ser bem distinguido: "Sítio Alegria".

A diferença é, agora, a existência de uma velha corrente de metal e de um cadeado que entrelaça a porteira ao batedor — outro mourão de braúna, mais fino e não menos firme, que lhe impede de adentrar ao recinto.

Caminha um pouco para o lado, beirando a cerca feita com grossas estacas de jurema-preta e sete fios de arame farpado, já enferrujados pelo tempo, mas ainda resistentes a solavancos e estiques.

A área demarcada é de quase sete hectares de terras.

Observa a silhueta de uma senhora revolvendo estrume curtido em alguns jarros de plantas ornamentais, à beira da calçada da casa. Tem certeza de que se trata de sua querida tia Ynês. Afinal, quem mais poderia ser?

Trava-lhe o peito a emoção, ao mesmo tempo que sente um alívio por sua presença. Por fim, brada, com uma voz cansada, mas carregada de alegria:

— Tia, é a Carla! Surpresa, cheguei!

Qual não espera, aquela senhora não a corresponde. Por um momento, entristece.

Quem faz barulho lá no fundo e vem correndo em sua direção é um cachorro de porte médio, pelagem alta e meio alaranjada.

Com pelos enormes em torno do focinho, é de raça inominada, mais conhecido como um autêntico "vira-lata" do mato.

Aproxima-se e, depois de uns três latidos, começa a balançar o rabo.

— Bigode! — exclama Carla — Você continua uma gracinha!

Na verdade, Carla sempre desconfiara de que aquele cão descendia de alguma raposa, pois tinha o focinho um pouco alongado e a pelagem diferenciada dos demais locais. Sorri do próprio pensamento.

Voltando à realidade, sente que algo errado está acontecendo.

Sua tia já a teria escutado e respondido aos seus chamados, que não foram ditos em voz baixa. Aproxima-se mais dela, beirando os arames.

Busca o ponto mais perto entre a cerca e seu alvo, formando quase um ângulo reto entre ambos. Volta a chamar por sua tia.

Dessa feita, aumentando o tom de sua voz, pulando e gesticulando com os braços, cruzando-os à sua frente, apela pela atenção dela de todo jeito:

— Tia! Sou eu, Carla! Cheguei para raiar o Ano-Novo com a senhora!

Bigode ajuda-a, latindo e dando umas voltas no terreno, como que correndo de alegria.

De repente, com um gesto de curiosidade, aquela senhora volta-se, mira a jovem e vem em sua direção.

— Ainda bem, é mesmo minha tia! A fisionomia dela está um pouco mudada, como se não enxergasse nem ouvisse bem — analisa.

Surpresa, Ynês quase desmaia. Não obstante, a inesperada visita a reanima.

Reage e abre um belo sorriso para sua sobrinha, clamando:

— Minha filha, desculpe sua tia! Já não ouço bem e a vista já me falta! Que surpresa maravilhosa!

Acrescenta:

— Que bom revê-la! Vá para a porteira, vou abri-la para você poder entrar.

Ao retornar à cancela, debruça-se sobre ela, enquanto aguarda sua tia aproximar-se, a passos lentos, mas firmes, para lhe abrir passagem.

Visualiza o horizonte à sua frente e duas imagens a remetem à reflexão: "Minha tia não está bem de saúde. Como poderei dizer a ela sobre o ocorrido com meu pai, seu irmão?".

Seus pensamentos são interrompidos ao ouvir, mais uma vez, a agradável voz de quem a criara como verdadeira mãe. A única que, efetivamente, conhecera:

— Com licença, filha! Afaste-se um pouco para que eu possa abrir a cancela, ela já está ficando pesada para mim.

As duas abraçam-se e cumprimentam-se.

Bigode, com cara de quem não ficou satisfeito, começa a puxar o vestido da jovem, em protesto por atenção. Recebe-a com todo o afago já conhecido.

Os raios de Sol anunciam a chegada da última noite daquele ano, que será marcante em suas vidas. Fatos iminentes tornarão a sequência desse crepúsculo inesquecível e inesperada.

Ao aproximar-se do terreiro, Carla pôde vislumbrar, mais uma vez, a moradia que chama de sua casa, seu verdadeiro lar, seu aconchego.

E lá está ela: uma construção simples e típica do local. Toda feita de taipa, com alpendre na frente e nas laterais, cujas colunas são em madeira talhada da mata, todas de miolo de algaroba.

Essa árvore é uma leguminosa muito funcional, implantada e cultivada em quase toda a região nordestina para diversos fins, dentre eles, como fonte de alimento para homens e animais, sombreamento e ótimos mourões. Sua vagem é rica em proteína, fibra e minerais, podendo ser aproveitada na produção de cuscuz e café.

O piso da casa, todo em cimento queimado, apresenta várias e finas rachaduras.

O telhado, firmado em toras de linhas sob caibros de catingueira, cruzado por ripas cingidas e talhadas de grossas cascas de aroeira, é coberto com telhas artesanais, manufaturadas e cozidas em brasas de jurema.

A brasa dessa madeira é muito apreciada pelos artesões da região como ideal para pontos de fusão e moldagem de ferramentas agrícolas.

O barro das telhas tem a mesma origem daquele usado na confecção das paredes. É retirado e colhido do outro lado das margens do riacho Farias, em uma mina ali perto, na fazenda Machado, próximo à minação da pedra da cacimba.

Carla se lembra de uma curiosidade:

— Mesmo nos períodos de seca e de estiagens mais severos nessa área, esse ponto de fonte d'água, dentro do próprio leito do riacho, nunca secara e sempre fora de muita serventia para os moradores locais.

As plantas cultivadas em jarros pela tia parecem não ter crescido quase nada nesses pouco mais de dois anos que passara longe dali.

A costela-de-adão, uma arácea, teima em se enrolar e subir atrelada à coluna de madeira do alpendre.

As onze-horas varrem a calçada, em todos os três lados, e embelezam o ambiente com sua variedade de cores.

As espadas-de-adão enfileiram-se à sua beira, divididas na varanda frontal apenas pela barreira formada com os degraus da subida, ao meio.

Em cada lado desses degraus — três, forjados em tijolos batidos e cozidos —, cactos de coroas-de-frade, colhidos ali mesmo na região, pontuam a subida do alpendre.

Os dois rechonchudos e espinhentos já apontam, em seus cumes, um belo "chapéu" avermelhado.

"Dois bolos fofos! Uma fonte de riqueza para melhorar a digestão e combater inflamações no corpo", matuta Carla ao lembrar alguns benefícios dessas plantas no combate aos efeitos trazidos ao ingerir certos alimentos "carregados" dali.

Conclui o pensamento: "Um alívio para diversos males, como diz minha tia".

Pequenos pés de babosa vivem encostados à calçada, brigando e se acotovelando com as espadas-de-adão.

Balançando ao vento e dependuradas nos caibros do entorno do alpendre, algumas espécies de avencas e samambaias, bem vistosas, pendem ao chão.

Alguns jarros, com outras plantas, podem ser vistos sobre e abaixo da calçada:

— Comigo-ninguém-pode, crótons de variadas cores e, a minha predileta, um lírio-da-paz — maravilha-se Carla.

— Aqui é o meu Jardim do Éden.

Um pé de juazeiro, árvore xodó de Ynês, dando um ar de onipotência ao terreiro por seu majestoso porte, está a florir.

Em sua sombra, estacionado, um antigo e conservado carro de boi.

A vara de tanger os bovinos, com quase 3,2 metros de comprimento e um ferrão de prego, sem cabeça, espetado e amarrado com arame liso em sua extremidade mais fina, está posta e dependurada por entre os espinhosos galhos dessa árvore.

A canga de madeira, usada na primeira parelha de bois, repousa por sobre o seu chão de grossas tábuas, as quais já serviram e foram testemunhas de belas noitadas de amor...

Algumas aves domésticas ali criadas, como o caterê, galinhas e perus, já se aninham ao seu redor. Não somente sobre o lastro do carro de boi, como também nos emaranhados galhos do juazeiro, despedindo-se de mais um dia de rotina.

Um casal de pombas burguesas entoa seus últimos cantos dentro de uma gaiola, com pés de arame, pendurada em um galho baixo da frondosa árvore. Uma exceção, pois Carla sabe que sua tia não concorda com um dos costumes locais bastante comuns: criar aves silvestres presos em gaiolas.

Em suas terras, é proibido montar arapucas para caçar e/ou comercializar passarinhos, mesmo sendo a própria Ynês uma antiga consumidora de aves silvestres, como a rolinha, a codorna e a nambu.

Antes de anoitecer de vez, Carla larga seus pertences sobre um dos bancos de madeira que enfeitam e repousam no alpendre frontal da casa.

Corre para os fundos, como a lembrar e a querer matar saudade de algum bom sentimento, e some de vista.

Deixa sua tia admirada e feliz, com tanta alegria e energia desprendidas.

Claro, Bigode acompanha Carla, latindo e pulando, feliz da vida.

Colado no fundo da residência, a jovem senhorita revê o fogão artesanal, feito todo em barro, com uma grade de ferro-gusa sobre a abertura do forno, disposto sob uma pequena cobertura de telhas.

Nesse local, cozinha-se, à lenha, tudo o que ali for necessário.

Um feixe de gravetos, de boa proporção, todos no ponto de alimentarem a boca do fogão, chama a atenção de Carla.

"Ela deve ter um ajudante ou mais alguém mora aqui em casa", pensa.

Pendurada nos caibros do fundo da casa e quase ao lado do fogão, pode-se ver uma corda de preás, já tratados, sem as vísceras, salgados, com os pelos raspados e salpicados, prontos para irem ao fogo.

Ao lado desta, uma tira com orelhas, outra com mocotós, bem como uma cabeça, tudo de porco, também pendentes.

Uma peça de pilão e uma prensa de fazer queijo coalho, ambas confeccionadas artesanalmente em madeira maciça, postam-se próximas à parede dos fundos, ao lado do fogão à lenha.

Também penduradas, como de praxe, algumas tiras de tripas salgadas — provavelmente de porco.

Para afastar os insetos indesejados, em especial as moscas varejeiras, todos esses alimentos são circunvizinhados com tiras de cascas de laranjas, um verdadeiro repelente natural. Essa prática também é usada em quase todo o ambiente interno da residência, principalmente na sala de jantar e na cozinha, as quais estão conjugadas.

Decerto, sabe Carla, esse monte de tiras de cascas de laranjas tem uma causa nobre e salutar. Segundo sua tia, servem como repelentes naturais para diversos insetos.

Além disso, não trazem o mal causado pela inalação da fumaça produzida pelo sentinela, ao ser queimado.

"Mas, para mim, esse monte de tiras de casca de laranja deixa a impressão de um ambiente esquisito, meio feioso... ah, isso deixa!", pensa Carla.

Ao fundo, um frondoso pé de imbu, onde também outros tantos e diversos galináceos repousam e escondem-se em meio aos seus roliços e delicados galhos.

Ao lado, a alguns metros dessa árvore leguminosa, cujo fruto produz uma deliciosa bebida, conhecida por imbuzada (ou umbuzada), existe uma pedra majestosa, quase ovalada e com pouco mais de dois metros de diâmetro. Sua altura tem uma medida quase idêntica. Ela se posta isolada e soberana sobre aquela paisagem.

Um de seus ângulos possui declive mais suave e esbarra em uma pedra menor, trapeziana. Esse detalhe, de certo modo, facilita sua escalada.

Uma curiosidade que sempre chamou a atenção da jovem, que seu pai relutara em lhe explicar, é a existência, ao pé dessa rocha menor, de alguns desenhos estranhos ali talhados.

Quase num salto, Carla posta o pé esquerdo na menor e sobe sobre a enorme pedra. Ajeita sua cabeleira dourada e mira para o poente.

Está saudosa de testemunhar aquele que sempre achou ser um dos melhores espetáculos do sertão:

— O adormecer do astro-rei... — suspira.

O deus-Rá, para alguns intérpretes da cultura egípcia antiga, o deus-Sol, para muitas outras culturas, igualmente antigas, ao redor de todo o nosso planeta.

De fato, um relaxante e digno espetáculo, propiciado quase diariamente em nosso sertão — exceto em dias muito nublados ou de chuva, óbvio.

— Vale a pena conferir essas cenas todos os dias, sempre que possível — avalia Carla.

Como em protesto, por não ter tido espaço para alcançar o pico da pedra, Bigode fica a latir do chão, até levar uma bronca da "patroa".

— Silêncio, Bigode! Deixe-me desfrutar um pouco dessa paisagem!

O cão, meio a contragosto e um pouco ressentido, cala-se por alguns instantes e deita ao lado da pedra, mirando na mesma direção de "sua dona".

Daquele privilegiado ponto, Carla sente-se hipnotizada com alguns detalhes da natureza local, tão comuns em seus sonhos na distante capital, Maceió.

Ainda embeleza o quadro outro detalhe: o Sol costuma se pôr sendo encoberto, aos poucos, pela grande serra de Pão de Açúcar, produzindo espectros de luzes, com cores variadas.

Essa serra, uma gigantesca caixa-d'água natural, gera um microclima em seu entorno. Vários pontos de nascentes brotam e formam verdadeiros oásis em meio àquela região árida.

As vazantes propiciam a ocorrência e o sustento de algumas impueiras, consequenciando o surgimento de uma diversidade de fauna e flora em toda a sua extensão.

Todos os aspectos geográficos e biológicos desse acidente — cujo nome varia de acordo com a fonte: serra grande, serra de Meirús, serra do navio, Xitroá ou, simplesmente, serra de Pão de Açúcar — propiciaram também o nascimento de aglomerados de pessoas ao seu redor, como os povoados Meirús, Torrões, Lagoa de Pedra e Impueiras.

A serra possui outros atrativos, dentre eles a existência de figuras rupestres desenhadas e pintadas em seus enormes blocos de pedras; a enorme pedra "do navio"; constitui fonte antiga para garimpo de pedras preciosas; há diversas grutas; fora caminho e refúgio para os bandos de cangaceiros que circularam naquelas áreas.

— Apesar de muitas amigas e amigos da capital acharem que aqui é tudo seco e sem vida, meu sertão ainda tem muito verde, e a vida é abundante e diversificada.

O problema aqui é a ausência dos serviços básicos de água potável e de energia elétrica, que são uma obrigação dos governantes — protesta Carla, comparando aquela situação local à das cidades.

Ynês aproxima-se e entende bem o significado daquela cena para Carla. Afinal, aquela pedra traz várias lembranças e servira, muitas vezes, como única companhia dela.

Ali, presenciara-a conversar com a natureza ao seu redor. Às vezes, passava horas a refletir; brincava, ao seu jeito, subindo e descendo-a por diversas vezes seguidas, até as forças se esgotarem.

Adorava desenhar tudo o que observava dali de cima. Chegara até a cochilar sobre ela. E, inocentemente, servira como seu esconderijo predileto quando não queria fazer pequenas tarefas de casa que lhe impunham ela ou Ynácio.

— Ynácio... Há poucos dias saiu daqui, em direção à capital do estado. Será que ele finalmente liberou Carla para me visitar sozinha, sem sua constante vigília? — indaga-se Ynês.

— Por que ele também não veio com ela? Por quê? Será porque contou algo a Carla e deixou que ela viesse confirmar comigo? Preciso saber o motivo dessa inesperada visita ao sítio, já que Ynácio acabou de sair daqui... — preocupa-se.

Nesse momento, a tia não tem coragem de perguntar sobre o que realmente a impulsionara para estar ali. Mas de uma coisa tem certeza: está muito feliz em revê-la, independentemente do motivo.

— Um novo ano irá surgir dali a quase seis horas e a sua companhia será por demais agradável. Além disso, muito temos a prosear. A noite promete ser longa.

E será muito mais longa do que Ynês imagina...

Há tempos almeja chegar o dia em que se abrirá para Carla.

"Preciso lhe contar várias histórias!", reflete.

Tem uma certeza: não ser direito seu levá-las ao túmulo, com uma eventual morte sua. Seu irmão a impede e tem razões fortes para isso. Acredita que esse momento se desenha e precisa preparar-se para as imprevisíveis emoções.

Serão novos tempos, nova vida.

Não morrerá sem essa oportunidade.

Quanto a esse inevitável destino, quase ocorrera meses atrás com um acidente sofrido ao tentar guiar o seu carro de boi em busca de água para os afazeres domésticos. Sorte sua que seu vizinho e ajudante Cosme chegara a tempo de socorrê-la, evitando que ela fosse pisoteada pela sua parelha de bois de carro, Corisco e Lampião.

Nesse dia, ele se atrasara para os afazeres diários. Alegara--lhe Cosme, depois, ter, na madrugada daquele dia, levado a sua esposa às pressas para a cidade, diretamente para a casa do doutor Gonçalves. O referido e conceituado médico não se recusara a atendê-los.

Sua esposa sofrera um mal súbito e desmaiara. Ele se assustara com o fato, recorrente e cada vez mais grave. Mesmo sabendo que ela sofria com queda de pressão, Cosme concluiu que, naquele dia, o caso merecia maior e imediata atenção.

O acidente com Ynês ocorrera quando guiava o carro, envergando a vara de ferrão à frente dos bois. Estava no começo da descida da ladeira que dá acesso ao reservado tanque de água. Teve o seu vestido de chita enganchado, por descuido, em alguns ramos de unha-de-gato, que estavam a crescer ladeando a estreita e irregular estrada.

Caíra e, não fossem a aproximação rapidez e a destreza de Cosme parando os animais quase sobre ela, o pior poderia ter ocorrido.

Cada animal turino daquele ultrapassa o peso vivo de mais de 54 arroubas (metade disso, se forem pesados para venda).

Uma pisada do casco sobre qualquer parte do seu corpo causaria, fatalmente, uma esmagadura da área atingida.

Com a queda, infelizmente, sofreu uma pancada surdina na altura da região de sua têmpora esquerda, ao ir com a cabeça de encontro a uma laje de pedra no chão, o que provocou uma baixa em sua audição, desde então. Sua visão esquerda também começara a falhar de uns dias para cá.

Está escurecendo. Ynês precisa recolher-se e providenciar, para aquela ocasião, algo de especial para a ceia. Afinal, pretende que a virada de ano seja marcante. Uma oportunidade ímpar para ambas.

Chama Bigode, que lhe obedece relutante. Amarra-o em seu cantinho, ao lado da casa, coloca água em sua cuia e diz:

— Fique aí quietinho e descanse! Mais tarde lhe trago algo para comer.

Então, avisa a sobrinha:

— Carla, querida, vou entrar e preparar sua acomodação e algo para jantarmos! Você deve estar cansada da viagem e a fome bate já, já! Fique aí o tempo que desejar. Mas, não se esqueça de, quando entrar, tomar seu banho de asseio! Vou encher um balde com água e deixá-lo no quartinho de banho. Depois, vou cuidar de nossa ceia de final de ano.

Esse banhado é um pequeno cômodo, de aproximadamente 1,62 metro quadrado de área, colado no fundo da casa e oposto ao fogão de lenha. A casinha do Bigode fica próxima dele.

— Talvez tenhamos convidados — acrescenta. Dito isso, Ynês se retira.

— Convidados? — indaga-se Carla. — Quem serão? Devem ser alguns vizinhos próximos daqui. Talvez, do arruado de Poço do Sal. A noite será festiva, uma data especial, e o que tenho a conversar com ela pode esperar para a manhã seguinte.

— Será um novo ano para ambas, em todos os sentidos. Mais do que nunca, preciso ganhar a confiança de minha tia para poder ter acesso aos mais íntimos segredos da família, que teimaram em me negar até hoje — reflete.

1.4 Estranhos Sinais

Satisfeita com as imagens que presenciara ao rever o "seu" pôr do sol, Carla dirige-se ao alpendre da frente e sobe os três degraus.

Pega seus pertences de viagem que deixara sobre um dos bancos de madeira, adentra e começa a observar o interior da casa com um olhar diferente, aguçado. Observa qualquer detalhe, minuciosamente.

Um desejo que, apesar dos vários anos vividos naquele ambiente, jamais tinha lhe sido desperto. Quer vasculhar tudo o que for preciso para atingir seus intentos. A partir daquele momento, nada passará despercebido dos seus olhos. E ouvidos também.

Começa pelo primeiro cômodo, a sala de estar. Percebe que o tapete de couro curtido de boi ainda repousa sob a mesa.

Na entrada, estirado antes do primeiro portal e ainda na varanda, o tapete menor, de couro de lã de carneiro, usado regularmente para limpar o fundo dos calçados antes de pisarem no chão da casa, parece ter sido trocado há pouco tempo.

As cadeiras da mesa não são quadradas e lisas como as que costuma ver em outras residências dos demais moradores locais. Não têm, também, seus assentos confeccionados com tampos de couro curtido de animais.

Artesanais, elas são feitas com madeira da própria região. Têm um formato diferente, com pernas em arco, e um pouco ovaladas nas bordas e nos encostos.

Traços retilíneos e o desenho de um trapézio regular, com uma espécie de pingo esticado, ao meio, podem ser vistos rabiscados nos encostos e assentos. Estes, circundados por alguns desenhos florais pequenos e talhados em baixo-relevo.

A mesa, que comporta meia dúzia dessas cadeiras, também é talhada; porém, postando desenhos de frutas, plantas e animais incomuns para aquele lugar. Maçãs, peras, uvas, amoras, lobos, marrecos e gansos a compõem, desenhados em finos e delicados traços.

Do outro lado da sala, armadores de rede; um em cada parede, estando um deles suportando uma dessas peças enrolada.

Uma mesinha de canto, com um belo rádio de pilha sobre ela e um jarro de tulipa a enfeitá-la complementam esse ambiente.

Acima dessa mesinha e à mostra, posta-se, fixada à parede, uma cruz dourada, parecendo ter sido confeccionada em latão ou bronze.

Com altura e largura aproximadas de 30 e de 15 centímetros, respectivamente, essa cruz está inscrita em um rosário composto de esferas peroladas e reluzentes, também cuidadosamente preso à parede por finos pregos.

Adiante, já no início do corredor central, que divide os dois quartos e dá acesso aos demais cômodos, nota um quadro de aspecto antigo, pendurado na parede desse recinto.

Percebe que se trata de uma fotografia moldada em madeira, em preto e branco, com duas pessoas expostas. Uma delas parece ser seu pai, em plena juventude: um homem de tez clara, cabelo ligeiramente ondulado e, provavelmente, banhado em brilhantina. Bigode ralo, sem barba, vestido em terno de linho branco, gravata preta e camisa branca por dentro.

— Com certeza, essas peças de roupa foram fornecidas por alguém; provavelmente, o próprio fotógrafo — prolata.

— Isso parece obra de Seu Lisboa.

Ao vislumbrar a segunda pessoa, sente um aperto no peito. É como se vira a si própria, a sua imagem.

Sua fisionomia é quase idêntica a si: uma jovem, de cabelos aparentemente claros, lisos, com uma trança em cada lado.

A liberdade está aberta ao meio, deixando-a, o conjunto, uma fisionomia típica ariana.

Porta um vestido escuro, com botões a perder de vista, e golas salientes. Sem chapéu ou outra cobertura qualquer.

— Deve ser minha tia Ynês — conclui. — Ali está uma foto de minha família. Devo ser muito parecida com a minha tia, quando mais jovem.

Adianta, ultrapassa os quartos e adentra na área de dois cômodos contínuos, que servem como sala de jantar (à direta) e cozinha (à esquerda).

— Está tudo no mesmo lugar de sempre — observa.

Na sala de jantar, uma pequena mesa, com quatro bancos de três pernas cada, toda em madeira ficha e grossa.

Ao lado e encostada na parede, outra mesinha, de tamanho e formato semelhantes à da sala de estar. Ao centro desta, uma espécie de filtro, inventado por Ynácio, feito por uma larga e grossa garrafa de vidro, de aproximadamente 24,3 centímetros de diâmetro e 16,2 de altura, cilíndrica e com a posição invertida.

Ela repousa — o lado que fica a sua boca, de duas polegadas de abertura — sobre um pé de filtro de cerâmica. Este, com capacidade para armazenar quase cinco litros de água.

Essa garrafa, com volume para um pouco mais de 3,2 litros, contém, em seu interior, uma camada de areia, pedregulhos de quartzo e pedaços de carvão. Sua boca, para evitar a saída desse material para o fundo do filtro, é tampada por um coador de café, de pano, servindo como retentor.

Segundo recomendação expressa de Ynácio, esse garrafão deve sempre estar cheia d'água, que deve ser usada exclusivamente para beber.

Para a utilização e/ou ingestão de água com alimentos, esta tem de ser precedida de fervura; exceto os que são preparados diretamente no fogo.

Essas recomendações são aceitas e plenamente respeitadas por todos.

A sina de Ynácio Reysh: filhos do Sol, filhos da Lua

Numa das quinas das paredes dessa sala, no canto direito, estão postos dois potes de barro, com quase 80 centímetros de altura por metade disso de diâmetro central, onde se estoca e repousa água para os diversos fins culinários.

Na outra quina, posta-se uma mesinha comprida. Sobre ela, duas quartinhas de barro e alguns copos de alumínio.

Três candeeiros a gás óleo (querosene), que normalmente ficam espetados na parede, estão agora acesos: um sobre a mesa da sala de jantar; outro, ao lado de sua tia, na cozinha; e o terceiro sobre a mesinha da sala de estar.

Na sala destinada à cozinha há um balcão com quase 1,62 metro de comprimento, também em tábuas de madeira, apoiadas em duas paredes de tijolos batidos, encostado na parede do fundo da casa. Sobre ele, algumas panelas e pratos de vidro e de barro cozido.

A maioria dessas cerâmicas, de artesanato indígena, Ynácio adquirira e trouxera da ilha de São Pedro, ali perto, em Sergipe.

Podem ser vistos por sobre esse móvel: talheres, três caldeirões e duas bacias, todos de variados tamanhos e em alumínio, além de algumas cuias de coité, dois cutelos e três facas peixeiras bem amolados.

Conchas e colheres maiores, de alumínio e de madeira, bem como algumas panelas de alumínio, de cabos com gancho, estão pendidas em uma prateleira. Esse apetrecho é um tipo de grade de ferros finos, postada acima do balcão, pendurada nos caibros e encostada na parede.

Por ter um preço muito mais acessível do que as modernas prateleiras de madeira, viraram moda sua aquisição e uso nas casas mais simples da região, vendidas por mascates.

Embaixo do balcão, em um canto, veem-se alguns baldes de plásticos para transporte de água, quer seja na cabeça quer pelas mãos, por sobre três bacias de alumínio, de tamanhos diferentes; uma repousando sobre a outra, sucessivamente.

Ao lado desses baldes, em destaque, o precioso fogão a gás, portátil e de duas bocas. Esse fogão somente é utilizado em casos de emergência, quando o fogão de barro não conseguir acender.

Essa ressalva faz Carla se lembrar dos dias muito chuvosos, nos poucos anos de invernos com chuvas "pesadas", quando a falta de lenha enxuta para queimar é comum. Por isso, nos períodos mais chuvosos, um bom feixe de lenha deve sempre estar guardado dentro de casa. Normalmente, fica apertando a sala de jantar ou a cozinha, dificultando, um pouco, sua circulação.

Machado, foices, enxadas e outros instrumentos agrícolas ficam em pé, no canto e de fora do balcão; todos limpos aos modos do lugar.

Um velho, mas consistente armário de madeira, com diâmetros de uma porta normal, adormece no canto da parede lateral da cozinha. Suas prateleiras estão quase vazias, não fossem alguns depósitos de plásticos que armazenam alimentos menores, farináceos, grãos e cereais diversos.

Esse armário fica à frente e vedando uma disfarçada entrada para um reservado cômodo. Ele tem, como pés, uma espécie de roldana sobre cada quina do chão, facilitando o seu manuseio ao precisar ser deslocado.

Ao seu lado, dois cilindros de zinco, com alturas de quase 1,62 metro e um terço dessa medida de diâmetro central. Estão quase cheios, respectivamente, com grãos de feijão de arranca e de caroços de milho desbulhado, misturados com algumas espigas inteiras. Tal fartura fora fruto da última colheita, ocorrida após a quadra chuvosa da região, em setembro passado.

Carla pega um dos candeeiros na mesa e se dirige ao quarto da tia, onde costuma ficar sempre que ali pernoita.

Percebendo a tia seu intento, interpela-a e diz que Carla, dessa vez, ficará instalada no quarto do pai.

O cômodo está desocupado e será mais confortável para ambas, visto que ela já está bem crescidinha e precisa de mais intimidade para consigo mesma.

Apesar de sempre dormir junto à tia, desde criança, Carla gosta da ideia. Um pouco mais de espaço lhe trará mais conforto e, principalmente, poderá explorar essa seção da casa com mais tranquilidade.

Adentrando o quarto, de início, toma-lhe a atenção de que há, no seu canto direito, voltada para o nascer do Sol, uma espécie de mesinha, coberta por uma toalha branca. Dispostos sobre esta há três castiçais com velas, cada uma delas de cor diferente. Nunca isso tinha antes sido notado por Carla, nem mencionado seu objetivo por Ynácio.

Esses castiçais de madeira ficam dispostos formando um triângulo quase equilátero, com uma cruz, também em madeira, colocada no meio e próxima ao fundo, já encostando na parede do quarto.

Os candelabros circundam, ao centro, um exemplar antigo da Bíblia, o livro considerado sagrado pelos cristãos e, forçadamente, pelos novos cristãos, que nessas terras buscaram refúgio.

Muitos desses migrantes perseguidos se misturaram, ao longo de nossa história, aos quilombolas, aos holandeses derrotados e até mesmo aos nossos primitivos moradores; todos fugindo ou se adequando ao nosso selvagem e conturbado processo de colonização.

O opúsculo se posta aberto, sendo que uma parte dos escritos em uma de suas folhas visíveis está levemente sublinhada, destacando-se das demais linhas.

Carla nota que a cruz, ao contrário de um crucifixo comum, não tem uma imagem ao centro, imitando o sofrimento do Cristo Jesus no dia do seu calvário. Bem diferente disso, possui, fixada em seu centro, uma espécie de flor avermelhada, com as pétalas se abrindo.

Ela percebe também, encravados acima dessa espécie de santuário, mais três objetos pregados à parede, formando um tipo de figura matemática, não compreendida por Carla.

Um deles é composto por dois gravetos, que se unem em um ângulo de aproximadamente 60 graus, fincados por um prego no vértice, com o ângulo de abertura voltado para baixo.

O outro está postado como esse anterior, só que em posição invertida e com a cobertura angular quase reta, voltada a sua abertura para cima; estão fincados à parede, também unidos com um prego.

Em secantes, cruzam a metade do segmento um do outro, formando quase um losango. Nesses pontos de intersecção, pregos suportam eles.

Por fim, uma ximbra colorida e rajada, fincada ao centro do losango e suportada por dois pregos menores, conclui essa intrigante figura.

Pequenos santuários caseiros remontam a um milenar costume judeu. Nessas terras, apresentam-se em forma de oratórios, nos moldes e nas adequações cristãos.

Essa forçosa adequação manteve intactos o pescoço e a pele de muitos cristãos novos... Carla não consegue entender o significado de todo esse simbolismo.

Indubitavelmente, tem certeza de que seu pai, Ynácio, era um homem temente a Deus. Pelo menos, fora o que ele sempre pregara e demonstrara por atos, onde estivesse.

Sabe, ainda, que seu pai, assim como ela, estudara e gostava muito de matemática, bem como de desenhar, de ler, mas...

— Depois buscarei explicações sobre isso.

Após tomar seu banho de asseio, já sentindo aqueles aromas típicos da culinária local, Carla se dirige à sala de estar, onde estão sendo postas as comidas, por ser uma noite festiva. Está vestida com uma de suas peças de roupa que comprara na véspera dessa viagem para ser usada nessa ocasião.

Essa peça fora cuidadosamente guardada, não se molhando na travessia do Farias, protegida que estava por ter sido colocada dentro de dois sacos plásticos. As demais vestes foram penduradas no varal de arame liso, no fundo da casa.

Ao se aproximar, admira-se com um clarão que vem da varanda da frente. Curiosa com aquela luz, ela vai em direção ao alpendre e descobre a sua origem: um lampião a gás aceso, repousando em um gancho de ferro fixado num dos caibros centrais da varanda.

Sorri, surpresa, e adentra para resenhar com a tia sobre essa luminária. A tia lhe conta que fora um presente de Ynácio, comprado no armarinho de Dona Esther, em Belo Monte. Lá, sempre chegam novidades trazidas de Caruaru, Arapiraca ou Penedo.

Ynácio, que ultimamente andava por aquelas bandas para se encontrar com Barreto, seu companheiro de caça, juntamente a Deoclécio, já estava de olho nesse objeto fazia um tempinho. Ela resolvera inaugurá-la essa noite.

Informa que estão prestes a receber o casal de amigos, Cosme e Rita, que vem participar da última ceia desse ano de 1969.

— Estou louca para mostrar essa novidade que ganhei do Ynácio — comenta com a sobrinha.

1.5 A Longa Noite de Final de Ano

São quase sete e meia da noite quando Carla e Ynês terminam de postar os pratos sobre a mesa da sala de estar.

Comidas típicas e variadas, em poucas porções, enfeitam a toalha de plástico colorida: galinha ao molho pardo, feijão-de-corda, tripa de porco frita, cuscuz de milho ralado, imbuzada, arroz-doce, macaxeira cozida, arroz soltinho, farofa de ovo cozido com linguiça, uma tigela de carne de tatupeba ao molho.

Para acompanhar, como aperitivo, essa variedade de pratos, uma preciosidade, não mais fabricada e ganha por Ynácio de presente há vários anos:

— Um litro de cachaça com o rótulo de Bel Rodrigues.

Na verdade, uma aguardente artesanal que há algumas décadas fora fabricada por Bel, o qual fizera um trocadilho com o sobrenome dos pais para fugir da grande burocracia pública e de sua eventual fiscalização, como pequeno artesão.

— Um verdadeiro e delicioso banquete! — observa Carla.

Outras iguarias podiam ser vistas, também em pequenas porções, como: pimenta-malagueta; maxixe ao molho, com verduras; ovos cozidos de cágada, ao molho, com cominho, e outros de codorna; além de algumas rolinhas e nambus, fritas na banha de porco.

O bule com café está sobre a grade do fogão à lenha, num canto, à espera de ser usado ainda quente. Outro, menor e cheio de água, também está ali repousando, caso precise preparar mais dessa apreciada e tradicional bebida.

Carla nota que sua tia está portando o mesmo vestido branco, com babados e bicos, que costuma usar para comemorar a vinda de cada novo ano. Usa, ainda, um lenço branco em volta da cabeça, calçando as repetidas sapatilhas de couro, de cor branca e já desgastadas pelo tempo.

A sobrinha, ouvindo que a visita prestes a chegar para a ceia de réveillon se trata do casal de amigos Cosme e Rita, vizinhos de sítio, indaga:

— Cosme é aquele que tem um irmão gêmeo, que mora no Poço do Sal? — recebendo em resposta uma afirmação.

— E ele se casou com aquela Rita do Retiro, famosa por engolir uma banana inteira, sem tirar antes a casca?

Então, uma folgada gargalhada parte de ambas.

— Não é bem assim. Ela deixa a boca entreaberta e empurra a banana para dentro. As cascas são barradas pelos dentes e ficam de fora da boca — retruca a tia.

Outra risada coletiva ecoa.

Ynês está ansiosa e pensa nas boas prosas que terão naquela noite com seus vizinhos, abrilhantadas com a participação de sua querida Carla. Aproveita o momento para contar à sobrinha que já não tem mais aquela disposição de antigamente. Afirma que sua saúde foi afetada após o acidente com o carro de boi, passando a narrar o caso.

Cosme tinha roubado a Rita no São João do ano passado, juntando as trouxas até a data de hoje. Ele estava sem serviço fixo, desde então, para sustento do casal. Por isso, convidou-o para ajudar nos serviços diários, pagando-o semanalmente.

— Não é muito, eu sei. Mas, pelo menos, eles têm o dinheirinho da feira toda semana.

Previamente combinado, faltando poucos minutos para as oito horas da noite, Ynês ouve o chamado tradicional vindo das bandas da porteira do sítio:

— Ô de casa! Ynês, chegamos!

— Vamos entrando! — responde a anfitriã. — São os convidados, com certeza! — comenta. — Podem vir! Sejam bem-vindos! — complementa da varanda.

De seu cantinho, Bigode começa a latir. Mas logo se cala, ao reconhecer a familiar voz de Cosme.

Ynês anuncia:

— Tenho aqui uma ótima surpresa pra vocês!

Cosme, por prestar serviços diários ali, porta a chave e abre o cadeado da porteira, adentrando no sítio com sua esposa. Como não dormirão ali, deixa de fechar o cadeado, descendo a corrente e pendurando-a na cancela.

Rita traz, em uma das mãos, um pequeno caldeirão de alumínio. Ainda se pode ver uma fumacinha forçando a saída por debaixo da tampa. Porta essa vasilha com muito cuidado, como se estivesse evitando qualquer acidente.

Ao se aproximar, o casal fica surpreso ao ver Carla ao lado da tia, exclamando, quase ao mesmo tempo:

— É a Carla!

— Que surpresa maravilhosa! — adianta Cosme.

Rita apressa-se em colocar o caldeirão por sobre o piso da calçada, corre em direção a Carla. Subindo rapidamente os degraus, dá-lhe um forte abraço, tão forte que Carla se incomoda com o aperto. Ouve da visitante:

— Menina linda, que saudades de você!

Carla retribui a presteza. Expõe-lhe dizendo que também está muito feliz em vê-la. Mais: alegre por saber que, finalmente, ela "pescara o Cosme".

Naquele momento, uma risada espontânea soa por parte de todos. Abraços e saudações de amizades seguem.

Após esse desprendimento geral, Cosme dirige-se ao caldeirão. Levantando-o, diz:

— Aqui dentro tem uma surpresa que a Carla vai adorar! Cacei hoje de madrugada. A carne ainda está fresquinha.

Entrega a vasilha a Ynês, que a recebe com cuidado. Ela, dirigindo-se à sala de estar, posta-a sobre a mesa. Ao tempo em que entra, Ynês convida a todos para adentrarem no recinto.

Aquela insinuação de suspense, feita por Cosme, aguçara demais a curiosidade de Carla. Ela vai logo pedindo à tia:

— Deixe-me ver o que está aí dentro?

Sem esperar a resposta, levanta a tampa do pequeno caldeirão. Com um ar de grande satisfação, exclama:

— Que delícia, uma caldeirada de carne de teiú! Tia, eu posso provar um pouquinho, com farofa?

Claro que Ynês consente. Está muito feliz com aquele momento vivido. O que menos quer é contrariar Carla.

Rita, que ainda não adentrara totalmente na sala, estando sob o portal, pergunta, curiosa:

— Ynês, aquele lampião a gás, que está iluminando quase todo o seu terreiro, foi presente de sua sobrinha? Ela trouxe isso da capital, foi?

Carla, de pronto, responde:

— Não, curiosa! Foi meu pai quem comprou no armarinho da Dona Esther, em Belo Monte, e o deu de presente. Você gostou Rita?

— Adorei! Um dia ainda vamos ter um também, não é Cosme? — respondeu Rita, dirigindo, ao final, o olhar para o marido.

Cosme sorri discretamente e acrescenta:

— Eu já sabia, mas a Ynês me pediu para não lhe comentar nada. Queria lhe fazer uma surpresa.

Claro que Rita faz uma cara de quem não gosta da resposta dele, mas se cala e disfarça os sentimentos.

Para abrandar os ânimos, Ynês convida a todos para se postarem à mesa e ficarem bem à vontade.

Chegara o momento mais esperado por Rita. Além de boa na colher — talher costumeiro em suas refeições diárias —, ela está diante de um maravilhoso e apetitoso jantar.

Precedida de uma oração de agradecimentos pelos alimentos e por mais um ano de vida, a anfitriã dá início à ceia propriamente dita. Ela começa, como lhe ensinaram, a se servir e a degustar do prato trazido pelas visitas.

Com uma concha de alumínio, coloca em seu prato um pedaço do rabo do teiú, um pouco da farofa, arroz e feijão-de-corda. Pimenta-malagueta complementa seu prato.

Diferentemente dos costumes locais, Ynês come e, ao mesmo tempo, cantarola, entoando algumas canções com um sotaque de voz bem diferente do usual.

Rita, sempre sedenta de saber, indaga-lhe sobre a origem daqueles versos e melodias engraçadas.

Ouve, como resposta, que fazem parte de suas lembranças de infância, quando vivia com seu saudoso pai e seu irmão nas terras de "Seu Pereirinha", lá pelas bandas do Meirús.

Algumas, ela aprendera quando ficara internada em um convento católico, aos cuidados de algumas freiras.

Carla, discretamente, ouve e guarda todas essas informações para incluir em suas conversas posteriores. Como sempre, mesmo antes de todos se empanturrarem de comida, Ynês brada, alegremente, por duas vezes seguidas:

— Gelukkig nieuwjaar!

Carla e Cosme, já acostumados com a entoação daquela expressão, repetem-na, uníssonos e com ar de descontraídos, tentando imitar a fonética das palavras.

Rita, meio sem jeito, nem tenta balbuciar uma daquelas palavras sequer. Afinal, é a primeira vez que participa dessa comemoração e nunca ouvira tão esquisita expressão.

Tentando ser discreta, dá um pequeno puxão na manga da colorida camisa de Cosme e pergunta-lhe, baixinho:

—Cosme, homem, o que é que significa isso aí que vocês falaram?

Depois de uma gaitada nada singela que, óbvio, chama a atenção de todos e deixa Rita meio encabulada, responde:

— Gente, ela quer saber o significado da frase que Ynês falou!

Prossegue:

— Eu mesmo não sei que diacho de língua é essa e nunca aprendi a dizer direito. Mas, que o sotaque é engraçado, isso é mesmo!

Todos riem, mais uma vez.

Ynês, tentando satisfazer a curiosidade de Rita, explica-lhe que a frase fora pronunciada em outra língua e significa "feliz Ano--novo", em português.

Então Rita, que mal sabe assinar o nome — e somente o faz, com muito esforço, nas épocas de eleições, em troca de ganhar um dinheirinho ou outra ajuda qualquer dos caciques da política da região —, retruca, meio sem jeito:

— E em nossa língua, a de brasileiro, é a mesma coisa?

A alegria foi geral, mais uma vez. Até a inquiridora, contagiada, sorri à beça.

1.6 Surpresa no Réveillon

A noite está um pouco iluminada, com a Lua diminuindo seu globo. Quase não se veem nuvens no céu. Constelações, bem visíveis, embelezam sua abóboda.

Aparecendo, sempre como destaque noturno, as cinco estrelas do Cruzeiro do Sul ladeiam a cena.

Mais adiante, as Três Marias, que compõem o Cinturão de Órion, destacam-se por sua quase retilínea composição.

Também visível, o Rosário dá seu ar de graça, discretamente.

Beiram às 11 horas da noite quando se ouve um suave e estranho ruído, seguido de movimentos de pisadas sobre gravetos secos.

Bigode, amarrado em seu cantinho, late insistentemente.

— Deve ter alguém lá fora. Vou lá dar uma olhada — comenta Cosme.

— Espere um pouco, amigo. Prevenção e canja de galinha não fazem mal a ninguém — retruca Ynês.

A dona da casa se levanta e, caminhando com destino à cozinha, desaparece da vista dos demais. Antes, dirigindo sua voz em direção à cancela, com uma voz firme, pouco comum a Carla, gritara:

— Quem está aí? Diga de lá o seu nome!

Cosme, meio impaciente e no afã de sua juventude de homem, não espera muito.

A princípio, tenta identificar algum vulto lá fora, espiando cuidadosamente pela janela que fica logo em frente à mesa na qual cearam.

Cosme, não mais aguardando a amiga, levanta-se. Apanha o candeeiro que Carla deixara na mesinha do outro lado dessa sala, acende seu pavio e se dirige à porta da varanda. Mal ultrapassa o portal, sente um queimar ao lado de suas costelas.

Quase de imediato, ouve-se o estampido de vários tiros, acrescido de alguns gritos:

— Morra, sua bruxa! Você não vai raiar o ano viva! Vai queimar esta noite no quinto do inferno!

Rita, atônita, antes de desmaiar e sem noção do que está acontecendo, vê, pela abertura da janela, seu marido caindo ao chão.

Carla, como se já tivesse sido treinada para um dia enfrentar uma situação daquela, levanta-se e corre para a cozinha, quase se chocando com a tia, que lhe diz:

— Esconda-se no quartinho, agora!

— Já estou indo — responde-lhe.

Em seguida, ouve-se outro tiro.

Dessa vez, o estampido parte de dentro daquele recinto.

Era Ynês, portando um fuzil, um antigo e conservado mosquefal, calibre 7.62, normalmente utilizado pelas forças militares estaduais.

Como quem já teve recebido ensinamento prático de manuseio e uso, Ynês apoiara a coronha de madeira da arma sobre sua coxa direita, girando para cima a cabeça do ferrolho e puxando-o para trás.

Após, alimentara, manualmente, sua câmara com três munições, seguindo de um empurrão do ferrolho para frente e para baixo.

Destravando a arma, empunhara e encostara a coronha de madeira em seu ombro direito, antes de puxar o gatilho. Depois de atirar, berra:

— Quem vai pro inferno hoje é você, filho do demônio!

Mirara a pesada arma, de grosso calibre, em direção ao clarão de origem dos disparos do desconhecido, atirando nesse obscuro alvo.

Basta esse único e potente tiro para que o silêncio, momentaneamente, volte a reinar no lugar. Somente o forte cheiro de pólvora no ar incomoda e quebra o adormecimento das mentes pensantes.

O clima está muito tenso e, por alguns segundos, ninguém da casa se mexe. Principalmente Rita, que ainda permanecerá inerte ao chão da sala de estar por vários minutos.

Nesse breve período de mudez, Ynês, tomada de enorme surpresa, fica confusa pelo ocorrido. Ainda sentindo a força do coice da arma sobre o seu ombro direito, que quase a desequilibrara, tenta arranjar suas ideias.

Desconfiada de que o desconhecido meliante ainda esteja por perto, sai de fininho, pelos fundos. Contorna a casa, solta Bigode e ordena-lhe:

— Vá, pegue esse desgraçado!

O cachorro, como se entendesse sua voz, corre em direção à porteira do sítio. Lá, para, cheira alguma coisa e sai farejando noite adentro.

Procurando tomar pé da situação, Ynês se volta para a direção de Cosme. Encontra-o tentando sentar-se em um dos bancos de madeira da varanda.

Nota-o meio pálido, com uma das mãos pressionando suas costelas e a camisa embebida em sangue.

— Pouco sangue — observa, de imediato, Ynês.

Dirigindo a voz para ele, pede para que, com muito cuidado e lentamente, deite-se ali mesmo, no chão da varanda, ladeando o banco que tentara sentar. Diz-lhe que quer examiná-lo melhor, de perto.

Carla, observando o silêncio e ouvindo sons murmurados entre sua tia e Cosme, pergunta discretamente a ela se pode sair do esconderijo.

Tem como resposta um sim, mas recebe uma advertência de que deve permanecer dentro da casa. A tia manda-a procurar por Rita, para saber como ela está.

Passados poucos minutos, novos gritos, vindos de fora do sítio, chamam a atenção de todos. Ynês, sem saber de quem se trata, pede para que todos permaneçam em silêncio e quietos.

— Cosme, Rita, Ynês!

— O que houve?

— O que está acontecendo por aí?

São vozes de pessoas conhecidas. Um sentimento de segurança e alívio toma conta das potenciais vítimas daquele inesperado e violento atentado. Trata-se de Damião e de sua esposa, Maria.

Era um ambiente aberto e totalmente propício para ecos sonoros.

Naquela zona rural, ouvir barulhos de tiros e de gritos, vindos de quaisquer localidades vizinhas, era perfeitamente comum. Ainda mais se tratando dessa isolada comunidade, formada por pouquíssimas casas, além de ser composta por uma flora de baixa estatura e dispersa territorialmente.

Damião, assim como Cosme, Rita e Maria, tem a pele escura, cabelo crespo — não tem a típica característica negra: cabelo carapinha e lábios grossos, exceto Rita. Provavelmente, são frutos de casamentos entre indígenas nativos e descendentes de negros africanos.

De corpos troncudos e com estatura mediana, demonstram muita disposição e boa adaptabilidade às intempéries do clima local. São benefícios, com certeza, dos efeitos provocados por essa fantástica heterogênese.

Ao se aproximar da casa e ver seu irmão deitado, ensanguentado e imóvel, Damião ajoelha no chão batido do terreiro e cai em prantos, urrando de desolação:

— Meu irmão! Ynês, quem fez isso com ele? Foi o pai de Rita, ainda inconformado com a perda da filha dele?

Maria, desconsolada e aflita com a cena, vai ao encontro do marido. Inclina-se sobre seu corpo, querendo abraçá-lo, e chora copiosamente.

Ynês, com um autocontrole quase inabalável, responde-lhe:

— Não é nada disso, Damião, acalme-se! Graças ao nosso bom Deus, seu irmão não morreu e vai ficar bom! Ele está bem! A bala apenas raspou uma de suas costelas. Eu vou estancar o sangramento e limpar o ferimento.

Percebendo que deveria agir imediatamente, ordena:

— Maria, ajude-me! Vá até a cozinha e pegue uma bacia de alumínio. Depois, vá lá atrás da casa, no fogão de lenha, e traga um bule com água quente que deixei sobre o fogão.

Damião levante-se! Pegue algumas folhas de babosa aqui ao pé da calçada e vá buscar um cutelo na cozinha. No armário do canto, lá na cozinha, tem uma garrafada de barbatimão já pronta. Pegue-a e traga para mim.

Carla, apanhe dois panos de prato limpos. Vá até o banhado e traga aquele saquinho de pedra hume. Você sabe onde eu guardo, entre os caibros e perto da bucha de esfregar o corpo. Aproveite e traga também a garrafa de aguardente que está sobre a mesa da sala de estar. Diga-me, antes, como está Rita? Ela sofreu alguma coisa, algum ferimento?

De imediato, Carla responde-lhe:

— Ela deve ter desmaiado quando ouviu os tiros. A pressão dela deve ter baixado com a confusão, mas não observei nenhum arranhão no seu corpo.

— Então, deixe ela como está e vá fazer logo o que pedi — replica Ynês.

— Sim, senhora, tô indo! — disse Carla, indo realizar suas tarefas como a tia pedira.

Ynês pede a Maria para colocar a bacia de alumínio ao seu lado. Toma-lhe o bule de água fervente e derrama na bacia.

Na sequência, pega, de Carla, os panos de prato e os coloca de molho na bacia com água quente.

Após, cuidadosamente e pedindo a ajuda de Damião, que ainda demonstra um ar de nervosismo e insegurança, retira a camisa de Cosme.

Pega a garrafa de aguardente e, com cuidado e leveza, derrama um pouco desse líquido sobre o ferimento de Cosme.

O corte, que dilacerou pouco o tecido da pele, ultrapassando a camada da derme, mostra-se superficial, avermelhado e quase não mais sangrando. Como esperado, Cosme se contrai e solta um seco e forte lamento. Nesse ínterim, ouve-se um grito:

— Socorro! Meu Deus! É a voz do Cosme!

Trata-se de Rita, que acorda com o forte gemido do marido e se levanta, numa rapidez e presteza para seu considerável corpo que todos se admiram.

— Meu marido está vivo, graças ao meu bom Deus! Que alegria, minha Virgem Santíssima!

E continua tagarelando:

— Cadê ele? Pegaram o desgraçado que fez isso?

— Não! — responde-lhe Maria.

— Também, esse fim de mundo não tem nem puliça! — retruca Rita, esbravejando.

Não continua a falar, pois Ynês, interrompendo-a com voz firme, diz:

— Rita, fique calma! Como você sabe, só existe hospital lá em Pão de Açúcar. Mesmo assim, para atender várias cidades dessa região! A situação do Cosme não é grave! Não compensa aperrear ninguém a esta hora da noite para levá-lo ao hospital. E não temos certeza de que esse filho do demo já foi embora daqui. Ele pode estar por aí, escondido, espreitando a gente.

— Então, vamos caçá-lo! — sugere Rita.

Ynês, tentando manter a calma, mira nos olhos de Rita e sentencia:

— Se aperreie não, mulher! Já soltei o Bigode e mandei ele ir atrás desse malfeitor. Agora, aquiete-se! Estamos cuidando do ferimento de seu marido e você precisa colaborar.

— O que é que eu faço pra ajudar? — indaga-lhe Rita.

— Fique fazendo cafuné na cabeça dele, para mantê-lo mais calmo — disse-lhe Ynês.

Entendendo, mais ou menos, o que Ynês iria fazer, Damião já cortara as folhas de babosa com o cutelo, deixando-as em ponto de uso. Pega a garrafa de barbatimão, aproxima-se e se posta ao lado da cuidadora, aguardando suas instruções.

Mais uma vez, Ynês derrama a pinga sobre o ferimento de Cosme, que reage com um novo gemido. Dessa feita, mais brando.

Mesmo assim, Rita, fazendo um desajeitado cafuné no marido, diz:

— Se preocupa não, meu amorzinho, que nós ainda vai fazer muito amor, viu!

Pronto! Foi o momento de descontração que todos aguardavam.

Uma gargalhada geral toma conta do ambiente, contrastando com a gravidade dos fatos.

Cosme, meio descabreado com o que a esposa dissera, mas se sentindo em casa e à vontade para falar na presença daquelas pessoas, consideradas todas de sua família, assente com a cabeça e diz:

— Se Deus quiser, e Ele quer! Comadre, pode continuar! Vou ficar aqui, firme como uma rocha! — conclui.

Aquele povo é assim: mesmo em situações difíceis, não perde uma boa oportunidade para sorrir da vida.

Ademais, não podem fazer outra coisa, senão se unirem nessas horas e em tantas ocasiões difíceis por que passam e enfrentam. É, pelo menos, um leão que encaram a cada dia.

Aprendem, desde cedo, que a união produz, realmente, uma multiplicação na força, na vontade diária de enfrentar e contornar as agruras desse ambiente pouco hospitaleiro. Ambiente que escolheram, sem muita ou nenhuma opção para viver.

O termo "comadre", dito por Cosme a sua tia, chama a atenção de Carla, que fica sem compreender bem o seu significado no contexto.

"Será que Rita está esperando bebê? Que maravilha!", pensa. Depois perguntará à tia.

Dando continuidade às atividades de assistência a Cosme, Ynês pega a garrafada de barbatimão, feita com cascas adormecidas e embebidas em álcool etílico. Derrama um pouco sobre o ferimento. Espera que o líquido seque e repete a ação por mais de uma vez, para reforçar a camada de proteção.

Em seguida, após alguns minutos, pede para Carla entregar-lhe o saquinho com pó de pedra hume, que costuma ter em casa para diversos fins. Pulveriza esse mineral sobre o ferimento até fazer uma fina camada branca.

Ynês espera mais uns instantes para que a mistura se solidifique sobre a região do ferimento e prossegue com o improvisado curativo.

Pede a Damião que lhe dê as folhas de babosa, já abertas ao meio e com as abas dobradas para fora. Antes de assentá-las, cuidadosamente, sobre o local ferido, derrama-lhe um pouco de sua gosma.

Para fixá-las sobre o corpo de Cosme, retira os panos de prato que estavam na bacia, espreme-os bem, retirando toda a água possível. Ata-os a uma de suas extremidades.

Por fim, com a ajuda de Damião e Rita, levanta um pouco o tronco de Cosme.

Ynês põe a faixa feita com os panos ao redor do tronco de Cosme e por cima das cascas de babosa, sobre o curativo. Atando as outras pontas do tecido e firmando o enlace, sem apertar muito, finaliza os procedimentos.

Pede para que ajudem a sentar Cosme no banco de madeira, enquanto junta e organiza o restante do material usado no socorro ao amigo.

Ao levantarem o tronco de Cosme, ele murmura um pouco e provoca mais uma reação instintiva de Rita, que se exalta em alegria:

— Calma, meu benzinho! Tá já acabando! Já, já vou levar você pra nossa casinha. Vou cuidar de você melhor do que a Ynês!

Ouvindo aquilo, num tom de brincadeira, Ynês replica:

— Eita, compadre, que essa noite promete!

Todos soltam uma boa gargalhada, menos o Cosme. Ao tentar sorrir, foi freado pela dor. O incômodo fora provocado por esse intento ao expandir seus pulmões contra as paredes de sua caixa torácica.

Mais uma vez, o descontraído momento é interrompido por alguns sons externos, dessa feita, causados por grunhidos produzidos por Bigode. O animal acaba de chegar de suas andanças portando um pedaço de pano na boca. Mal consegue latir.

— Bigode! — exclamam todos.

O pobre e cansado canino está todo molhado. Com ar de faminto, solta aquele pedaço de trapo ali mesmo, no terreiro, próximo aos degraus. Deita-se ali mesmo. Age como a transmitir seu estado físico.

Todavia, comporta-se com a certeza de que sua tarefa, de alguma forma, fora cumprida com louvor. Aguarda, tão somente, sua merecida recompensa.

Carla deixa o cantinho onde se encontra na varanda. Desce os degraus e corre em direção ao seu tão querido cão de estimação e diz:

— Que fofinho da mamãe!

Fala com tanto carinho que Bigode se esparrama no terreiro, contorcendo-se de dengoso. Esquece até o cansaço e a fome que sente. Aguarda, matreiro, os tão estimados atos de carinho que costuma receber daquela criatura humana.

De imediato, numa interação já familiar, Carla fala para a tia, enquanto afaga um pouco seu cão:

— Ele deve estar cansado e com muita fome! Coitado! Tia, posso levá-lo para seu canil e preparar uma boa refeição para ele comer?

— Fique à vontade, filha! — ouve. — Pelo jeito, teremos muita sobra no jantar de hoje. Capriche bem na quantidade. Ele merece! Deve ter se esforçado bastante na caçada.

E adverte:

— Deixe o Bigode comer à vontade, sem amarrá-lo! Hoje, ele vai dormir solto! Depois, venha se despedir das visitas. A comemoração acabou! Acho que essa noite vai ser bem longa e temos muito o que conversar — finaliza.

Cosme, recompondo-se, diz à amiga e patroa, em tom discreto para que Carla não ouça:

— Vá devagar. Ela parece que tem algo muito importante a lhe dizer e ainda não teve a oportunidade de falar.

Rita pondera, quase no mesmo tom:

— Não me parece que ela já saiba de tudo. Ela agiu muito normal em nossa presença!

Damião, mais contido e sem ter, praticamente, conversado nada com ambas antes daquele fatídico episódio, declara, também, em tom baixo:

— Não sei em que pé está a situação entre vocês duas; mas, vá com calma! Procure ouvir, primeiro, o que ela tem a lhe dizer. Fiquei muito surpreso com a presença dela aqui. E, como percebi, veio sozinha, desacompanhada. O que deu em Ynácio?

Ao perceberem o retorno de Carla, desconversam.

Reunidos, todos se dirigem à cancela para se despedirem.

Ynês, discretamente, abaixa-se e apanha o pedaço de pano molhado que Bigode trouxera agarrado à boca e que largara ali, no pátio da casa, próximo aos degraus.

Maria, que segue à frente, é a primeira a notar algumas manchas no chão, parecidas com sangue talhado, próximas à entrada do sítio.

— Olhem isso! Parece que o sujeito que atirou esta noite em vocês ficou ferido — opina.

Ynês, que porta o lampião, aproxima-se. Posta a luminária a gás de uma forma que clareie melhor o chão.

Em seguida, mela a ponta de seu dedo indicador direito naquele líquido pastoso e vermelho, a essa altura, já misturado à poeira do piso local. Dirige o dedo em direção ao seu nariz e o cheira. Como que inconformada ou incutida por outro sentimento mais forte, lambe um pouco do líquido, degustando o seu sabor.

— É mesmo sangue — afirma para os demais.

Damião, sem se conter de curiosidade, acrescenta:

— Essa pessoa queria fazer o mal maior a vocês, Ynês.

— Não tenho dúvida disso.

— Se o Ynácio estivesse aqui com vocês, a coisa teria sido diferente.

Para abalar mais ainda a estrutura de todos, que voltara a ficar outra vez tensa com esse comentário, Damião dirige seu olhar na direção de Carla.

Ela começa a se comportar de forma um pouco trêmula após a constatação do sangue por sua tia.

Damião prossegue. Faz-lhe a pergunta que parecia estar engasgada na boca dos demais ali presentes:

— Carla, querida, como está Ynácio, seu pai?

Numa reação quase inesperada e inevitável, Carla, já soluçando, responde prontamente ao seu interlocutor:

— Ele está morto!

Põe-se a chorar. Continua, diante do olhar atônito de todos:

— Foi assassinado por um desconhecido, na minha frente! Isso ocorreu na rodoviária de Maceió, assim que desceu do ônibus. O bandido fugiu do local sem ser preso e não foi reconhecido por ninguém.

Cala-se e volta a chorar, compulsivamente.

Ynês, ouvindo aquelas frases, mesmo tendo demonstrado tanta força e segurança durante aquela difícil situação que tinham acabado de enfrentar, começa a esmorecer.

Não fosse o rápido amparo de Damião, quase desaba o corpo ao chão.

Após conduzirem e deixarem a anfitriã repousando em seu leito, Damião se despede de Carla com um abraço. Deseja e declina a ambas, como praxe dos adeptos cristãos do local, as frases seguintes:

— Que as almas campeiras conduzam Ynácio ao caminho da Luz Maior e que tragam conforto a vocês duas!

Maria declama:

— Descanso eterno, dá-lhe Senhor, e que a Luz Perpétua o ilumine!

O casal segue em direção à saída do sítio. Comentam, entre si, discretamente, sussurrando para que ninguém mais ouvisse:

— Está começando tudo de novo com essa conturbada família!

— Que sina triste! — diz Maria ao marido.

— Precisamos, também, tomar alguns cuidados a partir de hoje — complementa Damião.

CAPÍTULO 2

REVELAÇÕES

2.1 Um Novo Ano

O galo acabara de cantar pela primeira vez no novo ano quando Ynês volta a despertar sua consciência. Está repousando em seu leito, ainda um pouco atordoada por tudo o que passara nas horas anteriores.

Ela gira o olhar em torno de si, como a querer se situar do ambiente. Nota, apesar da penumbra do quarto, Carla sentada e encostada na cabeceira de sua cama, com um olhar desolado e parecendo estar divagando.

— Você não dormiu até agora, não foi? — diz.

— Mesmo que eu quisesse, não iria conseguir — ouve em resposta.

— Tia, precisamos conversar! Preciso que a senhora me conte tudo sobre mim, sobre meu pai e sobre nossa família. Por favor, não me esconda nada. Agora, só tenho você! — conclui, chorando baixinho.

— Filha, vamos aproveitar o restante da madrugada para conversarmos bastante. Prometo que tudo o que eu souber e lembrar lhe será dito. Não vou lhe esconder nada. Eu garanto! — pausa Ynês.

Carla prossegue:

— Então, comece a dizer quem, realmente, era o meu pai. Ele era filho de quem? Nasceu onde, em que cidade? Ele fazia o que na vida para ganhar dinheiro e sustentar a gente? Afinal, quem era minha mãe? Como era o nome dela mesmo? Como era ela, era parecida comigo? Ela era filha de quem? Ela morreu ou ainda está viva?

Ao perceber que Carla estava dando sinais de descontrole emocional forte, Ynês a interrompe:

— Calma filha! Calma! Vamos conversar, mas vamos com calma. Tenho muito a lhe dizer. Porém, não posso falar tudo de uma única vez! — adverte.

— Eu sei tia. Mas é que essas perguntas estão me sufocando faz muito tempo! Eu preciso saber dessas respostas agora! Não aguento mais esperar! — desabafa.

Ynês, já recomposta, tentando se controlar emocionalmente, responde-lhe, de forma serena:

— Pois bem, vamos começar! Mas, repito, tenha paciência comigo porque a história é longa e há muitas perguntas que você fez que precisam de algumas explicações antes de respondê-las — conclui.

— Certo, tudo bem! Terei a maior paciência do mundo! — diz Carla.

— Mas, por favor, tire-me, antes, uma curiosidade. Aliás, fiquei curiosa com vários casos que surgiram. Mas essa arma, com que a senhora atirou, eu nunca a tinha visto aqui antes! Ela é, ou melhor, era de meu pai? Se era, ele a usava pra quê? — insinua e mexe com os pensamentos de Ynês.

A tia retruca:

— Pois bem, vamos começar matando essa curiosidade sua. Essa arma estava na posse de seu Bel! Ela foi deixada aqui por uma das irmãs de Barreto. Ynácio me disse que foi um pedido dela para escondê-la, enquanto seu marido não viesse buscar e levá-la para longe.

— Seu Bel sabe disso ou ela pegou sem ele saber? Isso é grave e muito sério! — diz Carla, com certa preocupação.

— Calma! Não faça mau juízo! — replica Ynês.

— O que eu sei é que essa arma e as munições foram um presente que seu Bel recebeu, há vários anos, de um policial conhecido dele, que andava por estas bandas nas volantes que caçavam Lampião e seus cangaceiros. Segundo Ynácio me contara, era para ajudar seu Bel a enfrentar aquele bando, se tentasse atacar a fazenda. Mas isso, graças ao bom Deus, nunca aconteceu.

Carla, mais curiosa do que antes, indaga-lhe:

— E por que ela não ficou guardada lá mesmo na fazenda dele?

Ouviu, em resposta:

— Essa mesma pergunta eu fiz a Ynácio no meio do ano passado, quando ele aceitou escondê-la aqui. Ele me disse que seu Bel tinha pedido a um genro seu que a levasse dali, pois ele não precisava mais dela e não queria que caísse em mãos alheias, nem queria se complicar para dar satisfações ao governo.

— Contou-me, também, que o filho mais velho dele, José, que morava em São Paulo, tinha morrido novo, poucos anos após ter voltado da Segunda Guerra. Provavelmente, de algum mal contraído durante aquele sinistro episódio. Essa perda o deixara muito triste. Falou para a filha que queria esquecer tudo que fosse ligado à violência.

Carla refletiu:

— Os militares estão no comando do país há alguns anos e estão tentando colocar ordem em todos os lugares.

— Seu Bel deve ter ficado com receio, caso descubram que ele tem em suas posses uma arma dessa.

— Entendi! — declara, alfinetando a tia com outra insinuação:

— Como meu pai e a senhora adoram mexer com armas, ele a ensinou como manuseá-la, não foi?

— Verdade! — responde Ynês. — Graças às lições de Ynácio, consegui botar pra correr aquele bandido — gaba-se.

— Tem alguma outra curiosidade que queira saber agora? — indaga.

Surpresa, ela ouve um sim.

— Onde a senhora aprendeu a fazer curativo daquele jeito?

Ynês, meio sem jeito, explica-lhe que, já há alguns anos costumavam aparecer nestas bandas algumas mulheres, visitadoras do hospital do Sesp, órgão federal criado com apoio e orientação dos Estados Unidos da América, após a eclosão da Segunda Grande Guerra Mundial.

Fizera amizade com uma delas, Teresinha, uma jovem senhora, muito calma e prestativa. Todas as vezes que recebia essas visitas, interessava-se em aprender alguma coisa sobre primeiros socorros. Essa visitadora ensinara-lhe, inclusive, a usar algumas plantas medicinais desta região, e várias técnicas de higiene e saúde.

— Ah, lembro-me de umas visitas dessas, quando criança! Elas chegavam vestidas com uma bata branca e uma prancheta na mão. E sempre deixavam pasta de dente e outras coisinhas de higiene, que agora não lembro — comenta Carla.

— Isso mesmo! — finaliza Ynês.

Num tom de brincadeira, Carla brinca:

— Ainda assim, a senhora nunca deixou de limpar os dentes com raspas de juazeiro! Mesmo recebendo essas pastas de dente de graça! — solta uma ligeira risada.

A tia, meio sem jeito, rebate:

— A natureza nos dá tudo! Eu preferi usar as pastas em você, que dava muito trabalho para escovar os dentes — devolvendo a ironia com outra risada.

— Um dia ainda vão fazer pasta de dente de juá — profetiza, com um ar de vencedora.

— Satisfiz sua curiosidade, agora? Posso começar a contar nossa história? — finaliza.

Carla sente a segurança de que, dessa vez, Ynês lhe responderá sobre tudo o que quiser saber.

Terá mesmo acesso a todas as informações de que precisar. Mesmo assim, fica pensativa.

Sente-se mais à vontade, ao ponto de querer adiar um pouco o início da conversa sobre os assuntos que acha mais importantes, frutos de sua vinda.

Calma, indaga sobre mais uma dúvida que surgira ao ouvir algumas conversas nesta noite:

— Rita está grávida?

— Não sei responder — ouve.

— Mas a senhora me disse que, no dia do seu acidente com o carro de bois, além de Cosme ter procurado o médico, ele levou Rita para fazer um exame de raios X com um tal de Manoel, no Hospital do Sesp...

Ynês responde:

— Acredito que o doutor mandou ele fazer um exame no pulmão dela para ver se tinha algum problema. Foi por isso que o Cosme me disse ter aumentado o seu atraso e só viria trabalhar depois do almoço. Como a água estava acabando, precisei buscar.

— Então, por que o Cosme lhe chamou de comadre?

— Foi um convite que fiz a ele e a Rita. Mas faz parte de uma promessa...

Não finaliza a frase.

Carla a interrompe, dizendo:

— Entendi! Promessa não se comenta até ela se realizar, não é isso? Já sei, a senhora vai se casar! Será que arranjou algum pretendente por aqui? Que maravilha! Quero saber quem é ele.

Ynês solta um leve sorriso e responde-lhe:

— Filha, não é nada disso! Você está sonhando! Não pretendo me casar. Pelo menos, tão cedo! Ou, nunca mais...

Tal resposta deixou Carla mais ainda encabulada.

"Rita não vai ter filho... A tia não vai se casar... Nunca mais...? Então, ela já teve um marido! Estranho, nunca soube disso... Sabe de uma coisa, é melhor começar a perguntar sobre mim mesma!", pensou.

Reflete mais um pouco: "Desse jeito, termino esquecendo o que vim saber aqui", conclui.

Não obstante, como fora interrompida por Carla, não deixando que concluísse sua fala, Ynês prefere se quedar.

Serena, detém-se em seus pensamentos.

Omite-se sobre a questão de ser comadre de Rita.

Tenta se conter por alguns instantes.

Aguarda as novas perguntas de Carla. Ouvindo a voz de sua consciência para não se calar, diz-lhe:

— Sabe por que ainda não somos realmente compadres? Porque dependemos de você!

Ao ouvir aquela colocação, Carla fica surpresa e pergunta:

— De mim? Não entendi. Por que dependem de mim? Não vou me casar, nem estou para ter filhos! Como assim, tia?

Com calma, Ynês lhe diz:

— Filha, você nunca foi batizada! Eu fiz uma promessa a Ynácio. Na primeira oportunidade que tivesse, falaria com você sobre isso. Mas Ynácio sempre colocava uma desculpa para que esse batizado não se realizasse. Deve ser porque ele tinha os problemas dele com a igreja católica. Ficava chateado quando falávamos sobre levar você para ser batizar nela.

— As pessoas daqui são muito religiosas! Sempre me incentivam para não desistir dessa ideia. A maioria é católica apostólica romana.

— É certo que alguns, ainda hoje, praticam suas crenças de umbanda e judaísmo de forma reservada, com medo, devido à discriminação que ainda sofrem e às lembranças, ainda vivas, das terríveis perseguições que seus antepassados sofreram.

— Dizem até que seu batismo será bom para afastar os nossos males... — interrompe-se.

2.2 Caminhos e Descaminhos

Nesta época, os dias amanhecem mais cedo no nosso sertão.

Bem antes das cinco horas da matina, os primeiros raios de Sol despontam no horizonte anunciando que um novo dia se impunha.

É o começo de um novo ano e de uma nova década.

Acostumada a estar de pé cedinho, realizando os afazeres do dia a dia, a começar pela ordenha de suas três vaquinhas de leite, Ynês tenta levantar-se da cama.

Uma voz ecoa lá de fora, seguida do breve latido do já desperto Bigode:

— Bom dia, comadre! Eu sei que vocês estão acordadas e que devem estar proseando na cama. Não precisam se levantar! Fiquem por aí mesmo! Hoje, o serviço todo vai ser por nossa conta! A Rita chega já com um cafezinho pronto pra vocês tomarem.

Ynês, meio surpresa, fica muito feliz com a iniciativa e chegada do amigo, além de sua presteza.

"É um dia de descanso, mas ele resolveu vir me ajudar", reflete.

Esta é mais uma marca das pessoas que vivem neste pedacinho sofrido: não são apenas solidárias e receptivas, mas também buscam deixar o ambiente tão familiar entre si que amizade, família e uma intimidade saudável se fundem em um só sentimento.

Patrões e empregados são vistos, entre si, como amigos, irmãos, familiares. Isso cria um clima bem ameno nas relações interpessoais.

Ynês, em dias normais, dificilmente aceitaria ficar inerte, sem providenciar as próprias obrigações. No entanto, dado o momento especial, tão almejado por ela, apenas diz:

— Obrigada, meu amigo, pelo seu apoio! Ficamos muito agradecidas.

Com isso, a continuidade da conversa está garantida.

Elas se entreolham e sorriem, transmitindo, mutuamente, não apenas um sentimento de contentamento, mas como se estivessem coniventes e confabulando com o destino.

Carla reinicia:

— Tia, quem era mesmo o meu pai? O que ele fazia para sustentar a gente?

Ynês lhe confirma que seu pai é mesmo Ynácio. Continua:

— Ele era descendente de um imigrante espanhol, de nome Yvan. Segundo contou Ynácio, Yvan era filho de um relacionamento entre seu avô, um soldado espanhol que lutara ao lado dos holandeses na conquista de Pernambuco, e uma holandesa.

Não fora um relacionamento tradicional, como se costuma ver.

Ele ficara órfão ainda bebê e fora criado junto a famílias de espanhóis e holandeses, descendentes de fugitivos que se esconderam da perseguição dos portugueses na região montanhosa do rio Manguaba, no norte de Alagoas, onde hoje fica o município de Porto Calvo.

Segundo foi passado para Ynácio, seu bisavô vivia em um quilombo conhecido como Caxangá, que se formou com a fuga de antigos escravos de engenho da região.

Essa povoação fica localizada sobre o cume do morro, há mais ou menos uma légua, em linha reta, daquela cidade, próximo a várias nascentes, que deságuam nesse rio.

Os negros, os índios, apesar de viverem em guerra entre si, como os brancos, sempre foram mais receptivos.

As famílias europeias tinham uma embarcação escondida em um dos braços daquele rio, que forma várias ilhas antes de chegar ao porto do Calvo na, então, Vila Bom Sucesso.

Esse navio ficara atracado à margem do rio, embaixo de um enorme e frondoso pé de ingá, árvore comum de se encontrar na beira do Manguaba. Algumas palhas de palmeira da região ajudavam a camuflá-lo.

A nau fora conservada para uma necessidade de fuga, pois não paravam de chegar rumores de que um inconformado e malvado grupo português continuava a caçar os holandeses na região.

Os espanhóis, que os ajudaram na conquista da capitania de Pernambuco, também eram alvo desse empreendimento.

Como essas ameaças não cessavam, algumas famílias, amedrontadas, resolveram partir.

Espanhóis e holandeses, que se miscigenavam há décadas, uma vez que a Holanda fora dominada pela Espanha por um bom período, prepararam a embarcação para empreenderem fuga dali o mais rápido possível. Doze famílias, num total, combinaram para se enveredarem nessa nova aventura, levando tudo o que possuíam.

Um problema preocupava o grupo: uma das famílias vivia próxima ao porto do Calvo. Para resgatá-la, teriam de desviar a nau do forte de areia, construído em uma das ilhas do Manguaba e que poderia avistar o deslocamento da nau.

Foi contratado um capitão para a embarcação, um tal de Maurício, experiente navegador, exímio e solitário soldado.

Combinaram com ele que mandariam uma mensagem para essa família ficar preparada para embarcar a qualquer tempo e somente navegariam no escuro, até atingirem o mar aberto.

Tudo acordado, seguiram o plano de partirem dali na noite do próximo domingo, o dia da semana em que os cristãos faziam festas e missas. Era o mais propício à fuga.

Na noite da partida, ao se aproximarem da margem do rio, já em frente ao local combinado para embarcarem a última família, uma das filhas desse casal resolveu acender um candeeiro para facilitar seu deslocamento.

Esse ato chamou a atenção de um sentinela do forte, que ficou curioso com o avistamento:

— Vejam! Parece uma embarcação! — alertara aos demais colegas do forte.

Todos na nau ouviram esse alerta do sentinela. Não estavam tão longe e a noite estava muito calma.

Um breu silencioso, como de costume. O medo começara a tomar conta dos peregrinos.

De imediato, Mauricio desembarcou e tomou a lamparina da criança, ordenando a todos que embarcassem imediatamente, deixando os demais pertences para trás.

Segundo Ynácio, o bisavô dele quase pulara do barco. Não o fez porque, além de ainda não ter aprendido a nadar direito, ficou com medo de pular por causa de sua altura.

Na época, acabara de completar cinco anos e, apesar de ser um frequentador assíduo dos banhos na beira do porto de Caxangá, morria de medo de ser pego pelo "nego d'água", um ser que, segundo a lenda corrente entre os ribeirinhos, gostava de atacar as embarcações e chegava, muitas vezes, a matar os frequentadores de suas águas. Posteriormente, fora catalogado como o "peixe-boi", com aquela fisionomia, de fato, intrigante.

Carla não a interrompe, mas acha estranho Ynês se referir ao bisavô quão sendo apenas de Ynácio. "Essa história da minha família dá até para escrever um livro", pensa.

Fica com mais essa dúvida. Prefere tirá-la depois.

Ynês prossegue narrando:

— Todo mundo embarcado, o capitão informara que cada casal deveria se dirigir aos remos. Teriam que zarpar dali com as velas recolhidas e no maior silêncio possível.

De repente, ouviram o latido de um cachorro. Alguém tinha embarcado com um, contrariando as orientações passadas aos viajantes na véspera da partida. Mais uma vez, Maurício interferiu. Pegara o cão nos braços e o arremessara para fora, nas águas do rio. Seguiram-se alguns murmúrios entre eles.

O capitão ordenara silêncio e explicara que as regras deveriam ser cumpridas, pois não estava disposto a arriscar a vida de ninguém por causa de um cão de estimação.

Adiantou que não se preocupassem com o cachorro, pois o animal sabia nadar por instinto e não se afogaria.

Os casais se dividiram e seguiram em direção aos pesados remos, começando a movê-los em semicírculos para frente, quase em harmonia.

A arte da navegação, para esses descendentes de dois povos conhecidos como grandes desbravadores do mar, é um culto bem comum aos embarcados. Até por uma questão de sobrevivência, aprendem essa arte desde cedo.

Mesmo tentando desviar o barco por um canal paralelo, Maurício, que estava de posse do timão controlando os lemes, tinha certeza de que haviam sido vistos pelos sentinelas do forte.

Teriam que passar a menos de uma jarda de suas grossas paredes de areia batida e queimada. Tornar-se-iam alvo fácil, se fossem descobertos.

O capitão orientou a todos que ficassem remando e olhando para ele ao mesmo tempo. Ao seu sinal, todos deveriam abaixar-se, soltar o leme e permanecer em silêncio. Queria passar a impressão de que o barco estava vazio e à deriva.

Aprumando a proa no centro da correnteza, ao se aproximarem do primeiro flanco do forte, Maurício soltara o leme, erguera os dois braços lateralmente e os deixara cair lateral e suavemente.

Em seguida, escondeu-se por trás da cabine. Deu até para todos ouvirem os comentários dos soldados:

— É uma embarcação vazia! Parece que está à deriva. Vamos esperar amanhecer para resgatá-la. Ela deve ter se desprendido de algum ponto acima do rio durante a vazão da maré. Sem tripulação, não vai conseguir chegar à embocadura do rio, pois lá adiante tem muita silhueta.

Perceberam que um dos soldados, mais curioso, levantara e apontara a luz de uma lamparina em direção ao casco do navio, como a procurar alguma identificação.

Naquele momento, ouviram dele:

— Comandante, veja! Têm algumas letras escritas na lateral do casco dele! Parecem ser V O C!

O comandante de serviço gritou, imediatamente, para os sentinelas:

— Depressa! Preparem os canhões do flanco da frente! Vamos atirar nela! Esse navio pertence aos invasores! Não sabemos como ele apareceu, mas não vamos deixar ele por aí navegando! Como parece que está vazio, não teremos vítimas — sentenciou.

Mais uma vez, o destino interferiu em favor do bisavô de Ynácio.

De repente, os soldados foram entretidos com o latido de um cachorro. Era o cão de estimação que Maurício tinha arremessado n'água e que estava seguindo a embarcação a nado.

Aquele fato curioso, que chamara a atenção de toda tropa, fora suficiente para que a nau se afastasse mais um pouco do último flanco do forte.

Maurício, já tendo calculado o risco de permanecerem inertes, à mercê daquela tropa inimiga, que decidira atirar e afundar a embarcação, reaparecera e postara-se à frente do timão, tomando a direção dos lemes.

A sina de Ynácio Reysh: filhos do Sol, filhos da Lua

Revisara e redirecionara o seu rumo, acompanhando a silhueta do rio. Em seguida, ele ordenara que todos voltassem a pegar os remos. Pedira para se esforçassem ao máximo, a fim de se deslocarem com a maior velocidade possível à frente.

Orientara, ainda, que todos permanecessem em silêncio.

O comandante do forte, sabia, iria notar essa manobra e não deixaria por pouco. Dito e feito.

Após iniciarem a primeira curva seguinte ao forte, quase encobertos pela mata que margeia as águas, ouviram o primeiro estampido de um dos canhões. Por pouco a nau não fora atingida. Todos começaram a remar como loucos desenfreados.

O capitão, sabendo da boa largura do Manguaba, incentivara que acelerassem mais. Não saíram ilesos daquele episódio.

Mesmo já tendo se afastado daquela estranha, mas eficiente construção de defesa militar, a bola de ferro de um terceiro tiro, que costumara ser mais eficiente por melhor aferição da pontaria, caíra muito próxima à popa, atingindo e danificando um dos dois lemes da embarcação.

Antes disso, em sua trajetória parabólica, a bala raspara o casco na quina lateral à popa, trincando algumas tábuas.

Maurício, notando o impacto no sistema de direção da nau, tentara evitar, numa manobra suave e firme, que ela se aproximasse demais das margens.

Todos sentiram quando a quilha da embarcação tocara o fundo do leito, raspando-o no nível do seu calado e fazendo-a estremecer.

Mostrando por que era admirado pelos velhos marinheiros, o capitão conseguira reaprumar o navio e centrá-lo nas águas mais fundas. Fora um alívio para todos, pois perceberam que a estabilidade voltara ao normal.

O navegador pediu que um de seus auxiliares, chamado João, tomasse o controle do leme enquanto ele iria tentar olhar as avarias.

Yvan, muito curioso, o acompanhou discretamente, tentando não ser percebido.

Já no porão, o capitão percebera que um pequeno vazamento começara a espalhar água pelo chão.

Yvan observava tudo caladinho e, tentando agachar-se num cantinho do casco, sem querer, tropeça em um rolo de grossas cordas, caindo de costas.

Maurício o detectara e, em vez de lhe repreender, dissera:

— Soldado no quartel procura serviço! Menino, vais buscar um balde e uma concha! Tu vais ficar colhendo e juntando a água que vaza! Um adulto vai vir te ajudar.

Foi o seu primeiro serviço braçal. Sentiu-se um homem!

Ficou o restante da noite ajudando a coletar a água do vazamento.

Ainda estava escuro quando passaram pela boca do canal em que o rio deságua no mar.

Naquele momento, uma reunião de emergência fora convocada com todos no convés da embarcação. Até Yvan teve que comparecer.

Depois de fazer suas explanações sobre a realidade da situação, ficara decidido: teriam que jogar ao mar um terço de toda a carga que levavam.

Esse procedimento faria com que o navio ficasse mais leve e o vazamento, apesar de pequeno, não mais ameaçasse a ocorrência de um naufrágio.

O procedimento adotado deixaria o trinco das tábuas acima do nível das águas.

Com essa medida, navegando sempre em águas mansas, a ameaça do vazamento e, consequentemente, a inundação cessariam.

Outras conclusões provocaram certo alvoroço em quase todos:

— Sem um dos lemes e sem um estaleiro disponível para fazer o reparo das tábuas, seria impossível atravessar o Atlântico.

Ou seja, não conseguiriam voltar para a Europa.

— Além disso, apesar de o mastro central ter sido trocado à véspera da partida, os outros dois, que lhe avizinhavam, eram velhos e não confiáveis. E deveriam considerar que as velas tinham sido confeccionadas com vários lençóis remendados — disse-lhes o capitão.

Adiantou a todos que teriam que adentrar, de início, um pouco no alto-mar. Poderiam enfrentar conflitos se navegassem perto da preamar e fossem avistados.

Outro fato:

— Aquela costa da província era conhecida por seus naufrágios devido a uma enorme linha de corais, uma verdadeira e perigosa barreira natural.

Com o estado lamentável das velas, não podendo confiar nos mastros, o capitão orientara a tripulação a navegar a meio mastro, tentando evitar uma sobrecarga dos ventos nessa estrutura.

— Os ventos alísios, que aqui sopram, nos ajudarão nessa empreitada.

Novas discussões rolaram.

Um dos viajantes sugeriu que, como vários patrícios o fizeram há algumas décadas, deveriam tentar adentrar no canal do rio São Francisco.

Aventurar-se-iam por lá, refugiando-se e misturando-se às povoações ao longo de suas margens. Essa ideia provocou algumas contendas.

Não obstante, a maioria concordou e eles seguiram mar adentro, separando o que jogariam para fora da nave. Àquela altura, não tinham outra opção melhor.

Em suas bagagens, traziam raízes e várias sementes para plantarem onde fossem se instalar. Cada artífice também portava suas ferramentas.

O futuro estava incerto, mas a coragem de recomeçar era uma marca daquele povo. Um novo rincão seria encontrado.

Navegar era preciso.

2.3 Em Terra Firme

Passados três dias de navegação, o vazamento na polpa voltara a se agravar.

A trinca aumentara com o constante balanço da maré; mesmo castigando pouco o casco da nau, este já não era tão consistente por causa de sua idade.

Estavam a quase três milhas náuticas da foz do São Francisco e precisavam, mais uma vez, diminuir o peso na embarcação. Nova reunião no convés fora realizada.

Certo tumulto estava se formando quando o cabeça de dois casais, que proseavam reservadamente, irrompeu a todos, dizendo:

— Parem o navio! Nós vamos desembarcar! Não se preocupem conosco, pois sabemos que nessa área há fontes de água doce, muita caça e uma boa diversidade de peixes e crustáceos.

O capitão, demonstrando estar preocupado, assentira com os casais e indagara-lhes sobre a fonte dessas informações.

Ouvira como resposta que o interessado tivera um parente que participara de patrulhamentos marítimos naquela área quando estava sob o domínio deles, os holandeses, que tinha se encantado com as riquezas naturais daquele lugar.

Adiantara que, com certeza, encontrariam pessoas de suas origens naquela região. Esta última explicação animara mais algumas famílias a acompanhá-los.

Ao final, dois botes foram arriados da nau e quatro famílias partiram, com todos os seus pertences, em busca de construírem um novo lar.

A descida desses passageiros aliviara, mas ainda não fora suficiente para estancar totalmente o vazamento. O navio seguira viagem e alcançara a embocadura do rio. Todos ficaram encantados com o delta que ele fazia ao desaguar no Atlântico.

Muitas ilhas fluviais animaram alguns casais para também descerem.

Foram freados com a advertência do capitão de que elas poderiam ser perigosas e instáveis devido à forte influência da maré naquele ponto. Yvan, o novo admirador do chefe de bordo, gritou, como qualquer criança sabe fazê-lo bem:

— Eu só desço onde o meu capitão mandar!

Como era um órfão, que vivia de favores dos seus patrícios, alguns até o incentivaram:

— Muito bem, Yvan! Siga o seu capitão!

A água doce, mais leve do que a do mar, voltara a influenciar no peso e o convés recomeçara a encharcar.

Menos de duas horas navegando no canal, avistaram, ao longe, um enorme rochedo. Maurício informara que estavam muito perto da Vila São Francisco e que precisariam ancorar para deixar escurecer. Não queria arriscar serem alvos fáceis de um eventual ataque inimigo.

Afirmara que navegariam próximos ao outro lado do rio, nas margens baianas, menos habitadas. Fizera outra advertência. A nau estava alagando e o trabalho para esvaziar o convés estava esgotando a todos.

Outras cinco famílias, já tomadas pelo medo de um naufrágio, resolveram descer, à noite mesmo, naquelas terras.

Seguindo rio acima, depararam-se com um dos seus afluentes: um pequeno olho-d'água, que descia ao lado de um suave monte.

Decidiram parar o navio para se reabastecerem de água doce e pescarem alguns peixes. A empreitada fora tão farta que mais dois casais quiseram e desembarcaram por ali.

No barco, restaram apenas o capitão, Yvan e um casal de espanhóis, que não largavam nem deixavam de vigiar um pequeno baú que transportavam, por um segundo sequer.

Maurício, indiscretamente, indagara-lhes se aquele era o tesouro de suas vidas.

O dono, Raul, um jovem e bem aparentado senhor, informara-lhe que sim.

Era realmente um baú contendo joias, moedas e pedras preciosas; dentre elas, algumas pepitas de ouro. Dissera que era um estudioso, conhecedor de minérios.

Adiantara que teria vindo para a colônia portuguesa a mando da corte espanhola, anonimamente, para estudar aquela região.

Falara, ainda, que tudo o que tinha na sua vasilha era legal e que lhe pertencia, por direito. Estava com receios de lhe roubarem ou de perder suas economias, caso naufragassem.

Encontrava-se próximo de amanhecer quando uma ilha fluvial, solitária e de pequena monta, dividira o canal do São Francisco em dois.

Raul pedira ao capitão para que ancorassem, pois iria desembarcar e esconder naquela ilha o seu ouro, o seu tesouro. Depois, voltaria para buscá-lo.

Feito isso, seguiram quase três milhas e ouviram de Maurício:

— Está amanhecendo! Não podemos nem temos mais condições de continuar subindo a correnteza. Devemos desembarcar e afundar o navio, para não deixarmos rastros. Na próxima curva do rio, ao lado daquele belo monte, irei ancorar e todos nós seguiremos nossos destinos.

— Não posso ficar com essa criança. Vocês não têm filhos, adotem-no.

Yvan, preocupado com seu destino, suplicara:

— Capitão, leva-me contigo! Seguirei sempre as suas ordens!

Não adiantou aquele emocionante apelo.

Maurício atracara próximo a um paredão rochoso do monte, obrigara que descessem, desejara boa sorte para todos e preparara o último bote que restara para seguir seu destino.

Yvan ainda vira quando o capitão recolhera os trabucos, as espadas e várias peças de mental, lançando tudo no porão para que submergissem com a nau.

O capitão, solitário, descera e remara seu bote contra a correnteza, aproveitando o remanso das águas e se afastando deles, até fazer uma manobra e aprumar o barco no meio da correnteza, que o levara de volta na direção e sentido da foz.

Nunca mais tiveram notícias dele.

Raul comentara que aquela região onde estavam já tinha sido explorada por ele e que era propícia a metais semipreciosos.

Seguiram beirando e subindo a margem do rio por quase uma légua, até chegarem a uma área em que as águas se esparramavam em duas barras, formando um belo mangue.

Ao longe, aproximadamente meia légua de onde estavam, viram, acima de um cume que margeava o rio, uma espécie de construção, destacando-se pela aparência de ser uma pequena e bela igreja. Não ousaram aproximar-se daquele lugar.

Montaram uma tenda e começaram a se preparar para viver ali por uns dias. Onde estavam era como um Jardim do Éden para eles.

Raul falava muito bem o português. Vivera na corte toda a sua juventude, entre as duas casas reais. Portugal e Espanha sempre se intercomunicavam.

Yvan e Laura, uma bela e quinzenária jovem, esposa de Raul, foram instruídos nessa nova língua, diuturnamente, preparando-se para eventuais contatos.

A avó de Ynácio, Yrene, era filha dessa senhora, que ajudara em sua criação.

Como tinham raízes muito parecidas, no latim, os alunos de português não tiveram muita dificuldade em se familiarizar rapidamente com o novo idioma. Não poderiam viver por muito tempo isolados.

Raul afirmara que gostaria de se aproximar da comunidade mais próxima da ilha em que escondera seu tesouro.

A pé, não distava meio dia de caminhada de onde estavam, provisoriamente, estabelecidos.

O problema era vencer a forte correnteza que a separava das margens. A nado, essa travessia estava descartada.

Raul sempre costumava se ausentar, passando, às vezes, dias sem aparecer.

Finalmente, no retorno de uma dessas andanças, comunica-ra-lhes que tinha contratado uma embarcação para apanhá-los e levá-los ao povoado de Porto da Folha, uma comunidade às margens do rio, pouco distante dali e perto de "sua ilha".

Adiantara que adquirira um pedacinho de chão nos arredores dessa comunidade para, definitivamente, construírem um lar.

Estabeleceram-se por lá, juntos, por mais de duas décadas, período em que Yvan aprendeu com Raul todos os conhecimentos sobre minerais.

Os primeiros 15 anos mudariam o rumo de todos.

Laura, ao se aproximar dos 30 anos de idade, demonstrara uma forte frustração por não ter conseguido dar um herdeiro ao marido.

Confessara a Yvan que era um sonho dela engravidar. Duvidava de que fosse ela o problema dessa situação. Raul, muito ausente, começara a afetar seu comportamento feminino.

Era uma manhã de primavera na região.

O campo estava florido e o Sol, apesar das esparsas nuvens, castigava o semiárido.

Laura gostava, de quando em vez, de coletar água em um córrego não muito longe de seu rincão, distante a menos de cem braças de sua casa. Na maioria das vezes, também adorava se refrescar tomando um excitante banho de cuia, de roupa e tudo.

Molhar as vestes não era um problema. O calor causticante, adicionado às constantes correntes de ar seco, chegava a secar as roupas em pouquíssimo tempo.

Em um belo dia, convidara Yvan para acompanhá-la. Queria colher mais água para as necessidades diárias.

Raul estava acampando distante dali. Não podia contar com sua ajuda.

Yvan a seguira, com as vasilhas.

Após encherem os baldes, quando se preparavam para retornar, Laura sugeriu para se banharem um pouco e se refrescarem, como costumava agir ao vir sozinha.

Brincadeiras, como jogarem água um no outro, desenrolaram-se naturalmente.

Ao molharem-se, as curvas, côncavas e convexas, daquela jovem senhora começaram a despertar desejos até então inimagináveis em Yvan. Ele, em plena virilidade masculina, tentava se conter.

Tinha ciência de que nunca a vira, nem a chamara de mãe.

A libido de ambos estava em alta. O resultado fora o óbvio.

Próximo ao córrego, um frondoso pé de craibeira completava o cenário. A relva o circundava, baixinha e convidativa a um breve repouso.

Postaram-se em seu leito, como refúgio ao Sol, esse astro rei que, com a alta temperatura local, influenciara no funcionamento de suas gônadas. Propiciara um estímulo ideal para que essas glândulas desaguassem naquele primeiro momento íntimo do casal.

Apesar dos 10 anos que os separavam em idade, amaram-se instintivamente, como dois animais.

Mesmo tendo todo o cuidado para evitarem uma gravidez indesejada — até pele de tripa de carneiro Yvan usara como preservativo —, a natureza falara mais alto.

Passados cinco anos, com a continuidade desse relacionamento proibido, Laura engravidou.

Foi uma dor de cabeça, uma enorme preocupação para o casal de amantes.

Laura procurou acalmar Yvan, dizendo que já tinha lhe ocorrido um pensamento e o materializaria como desculpa.

Como ainda se deitava normalmente com o marido, tentaria disfarçar a origem daquela novidade.

Ela estava disposta a sentir, independentemente das consequências, o tão esperado desejo de ser mãe. Arriscaria tudo por isso.

Passados poucos dias, não mais adiara.

Na primeira oportunidade, com um ar de alegria quase convincente, declarara o seu estado físico ao marido. De pronto, Raul reagira com enorme satisfação e surpresa.

Yvan, como não poderia agir diferente, comemorara com ambos "aquela novidade". Nasceram gêmeos: Yran e Yrene.

Vida que segue.

Os amantes assíduos continuavam com suas aventuras.

Meio sem graça, em uma de suas investidas, Yvan confessara a Laura que achara muito estranho os nomes escolhidos por Raul, mas sequer ousaria questioná-los. Claro que Laura concordou com o amante.

Certo dia, Raul chamara Yvan e lhe dera uma missão.

Iria substituí-lo em uma pesquisa na região de uma serra não muito longe dali, apelidada de Serra das Mãos pelos populares que a frequentavam.

Passaria, talvez, mais de seis meses ausente.

Disse que não se preocupasse, pois tudo seria bancado por uma companhia formada pelos administradores daquela província, com o finco de mapear a incidência e as espécies de minerais naquele local. Finalizara, informando que Yvan partiria em sete dias.

Raul demonstrara certo cansaço e adiantara, com um ar de sinceridade que preocupara aquele casal de amantes, que gostaria de passar "umas férias" com sua família. Passara muitos anos como um andarilho e, perante sua prole, parecia ser mais um insistente visitante.

Seu casal de filhos completara cinco anos e mal tivera chance de ficar com eles por mais de alguns dias seguidos. A compreensão fora generalizada. As crianças adoraram.

Yvan sentira que seria uma maravilhosa chance de se independer profissionalmente.

Todos aqueles anos ele vivera a ajudar seu anfitrião, separando e catalogando as pedras que trazia para análises. Tinha, em si, muita segurança nos ensinamentos que lhe foram transmitidos.

O que lhe faltava era realmente colocar em prática seus conhecimentos perante o seleto e fechado grupo desse restrito ofício. Seria seu primeiro trabalho em campo.

"Quem sabe, será minha carta de alforria laboral", pensara, diante dessa conveniência.

Yvan assentiu e aceitou a tarefa. Pediu apenas que fossem dadas a ele mais informações sobre a geografia do local a pesquisar.

Precisava, ainda, de instruções de campo e que lhe ajudasse a preparar e organizar sua bagagem, além de escolher os mantimentos essenciais para a empreitada.

Chegado o dia da partida, Laura não se contivera. Abraçara-o, chorando.

Nessa oportunidade, Yvan falou-lhe baixinho, discretamente, ao ouvido:

— Cuide bem dos nossos filhos! Voltarei em breve para revê-los.

Ele teve certeza de que eram suas crias quando, em uma oportunidade em que ficaram juntos, a brincar, percebeu que os dois eram portadores do seu sinal de nascença, localizado atrás do pescoço.

O agora novo andarilho, após recebidas todas as recomendações necessárias e imagináveis por seus cuidadores, segue ao encontro do seu novo desafio de vida.

Despediram-se todos, finalmente.

Para Yvan, fora um desafio e tanto.

Para quem se sentira, por muitos anos, um anônimo em meio aos seus semelhantes, essa oportunidade viera em bom tempo. Iria fazer o seu próprio nome, o seu próprio destino.

2.4 Nasce a Sina

Passaram-se mais de oito meses de sua saída.

Quando Yvan retornou, teve uma grande surpresa.

À parte a alegria geral que contaminou o ambiente, com as crianças pulando e abraçando-o, o regresso ficou um pouco desconsertado com a aparência física de sua amada amante: Laura estava grávida e, pelos seus cálculos, a gravidez já passava dos seis meses.

Dessa vez, Raul conseguira procriar.

"O longo período de descanso deve ter possibilitado uma melhora em sua saúde. Isso mudará tudo", pensou Yvan.

"Preciso me organizar para partir daqui e deixá-los viverem em paz."

O anfitrião chegaria de viagem em dois dias. Iniciara um novo contrato governamental, mais rentável e confortante.

Informada de seu intento por Yvan, Laura pedira que reconsiderasse sua decisão e aguardasse o retorno de seu marido para conversarem sobre o tema. Chegado o dia, se reencontraram.

Ao saber da decisão daquele menino órfão, que criara e preparara para um dia substituir-lhe, Raul pedira o adiamento de sua partida por um pouco mais de tempo. Pretendia iniciá-lo em outras vertentes de conhecimentos, bem mais abrangentes do que qualquer labor profissional.

Reprimindo seus pensamentos, Yvan decidira atender ao apelo de seu mestre e quedara-se.

Cinco anos se passaram. Tempo suficiente para que o casal de amantes voltasse a se entrelaçar.

Em uma enluarada noite de verão, os amantes, sentados na varanda da casa, admiravam a imagem daquele satélite refletindo a luz de sua estrela-mor sobre as calmas águas do Velho Chico, no oriente.

Tramaram uma breve despedida, ali mesmo, ao luar. O casal proibido chegara à conclusão de que não poderia adiar mais esse momento.

Isabel, a filha mais nova, com sua meia década completa, já contestara e inquirira sua mãe sobre as investidas contínuas de Yvan em seus aposentos durante a noite. Principalmente, porque só aconteciam quando seu pai, Raul, estava distante, a trabalhar.

Laura ficara assustada com certos comentários inocentes da filha quando o pai chegara, outro dia, de viagem.

— Esta noite será a última vez — sentenciou, com lágrimas nos olhos, a amante.

Passava da meia-noite e as crianças, com certeza, estariam dormindo, concluíra o casal.

Ambos se abraçaram e, com muita emoção, começaram a namorar.

Yran, com seus pouco mais de 10 anos, já bem desenvolto em pensamentos, combinara com Yrene que fingiriam dormir cedo todas as noites em que o pai, Raul, estivesse ausente do lar.

Não perceberam, os amantes, que as crianças também conversavam entre si sobre tudo.

As crianças gostavam muito de Yvan. Porém, Yran, com seu sangue quente de latino, precisava saber se as insinuações de sua irmã mais nova tinham fundamento antes de tomar outras decisões com Yrene.

Sorrateiramente, o menino se levantara da cama e, por algumas cansativas horas, escondera-se à frente do alpendre, por trás de uma vistosa touceira de meladinho, bem diante do casal.

As cenas que Yran presenciara foram muito chocantes para ele e suficientes para se despojar de todas as dúvidas que ainda tinha quanto às graves alusões da irmã caçula.

Aproveitou-se do caloroso momento que se desenrolara na varanda entre sua mãe e, agora, seu inimigo mortal, para retornar, dissimuladamente, ao seu aposento.

Passara a noite em claro, pensativo. Tinha que tomar alguma atitude, urgentemente.

Assim que acordasse, conversaria com Yrene para decidirem o que fazer.

Adormeceu, de tanto pensar.

Pela manhã, Yran acordara com o chamado de sua mãe, que o convidara para tomarem café e se despedirem de Yvan.

Ouvindo aquilo, relutante de sono, Yran pulara da cama e interpelara a mãe, ainda no quarto:

— Tio Yvan vai embora? Ele vai nos deixar de vez? Esperem por mim! Tô indo tomar café.

Ao se reunirem à mesa, Yran suplicara para que Yvan esperasse o pai retornar. Sua chegada estava prevista para o dia seguinte.

Yran não podia deixá-lo sair sem antes falar com a irmã e decidirem o que fazer com aquela grave situação descoberta.

Enquanto ceavam, ouviram de Yvan que, infelizmente, não poderia ficar mais com eles. Dissera-lhes que sua partida era inadiável.

Acrescentara que ele tinha recebido uma oferta irrecusável de emprego em uma grande empresa mineradora inglesa. Precisava viajar naquele mesmo dia, sob o sério risco de perder essa excelente oportunidade.

Percebendo que, dificilmente, conseguiria persuadir o desafeto a ficar, Yran se levantara.

E, após "ouvir mensagens interiores", que embaralhavam a voz de sua consciência, dissera-lhe:

— Espere um pouco, então! Vou buscar uma lembrança que está escondida no quarto do meu pai!

— Pois bem, vá! Eu o aguardarei com prazer! — respondera-lhe Yvan.

O menino saíra às pressas.

Vários minutos se passaram e nada de ele retornar.

Sua mãe, preocupada com a demora e já pressentindo algo estranho, numa sensação típica de mal-estar, chamara pelo filho. Yran respondera que já estaria indo.

Reaparecera no corredor.

Aproximara-se da mesa, caminhando lentamente, com as mãos escondidas atrás do corpo e expressando um sorriso amarelado.

Dirigindo-se a Yvan, a três passos dele, decretara:

— Seu presente, que nunca mais se esquecerá de nós!

Voltando os braços simultaneamente para frente, empunhara, com ambas as mãos, a garrucha de dois canos que Raul deixara guardada sob o colchão.

Mirara-a, firmemente, para a cabeça de Yvan.

Por diversas vezes, Raul lhe ensinara a manusear e atirar com aquela arma, desde os seus oito anos de idade.

Apertara, de imediato, com o indicador da mão esquerda um dos seus gatilhos, sem deixar que o atingido pronunciasse qualquer palavra em defesa. Em seguida, gritara:

— Morra, desgraçado! Não vai mais fazer mal a minha mãe nem a mulheres casadas!

O atingido, ao se dependurar na cadeira, ainda tentara reagir, como quem quisesse empreender uma fuga e balbuciar algumas palavras.

Inabalável com seu ato, Yran não se conformara com a cena. Voltara a lhe tomar a frente.

Posicionando o mesmo dedo no outro gatilho, acionara-o, ferindo a quase abatida vítima pela segunda vez.

Dessa feita, em direção ao centro do peito do baleado.

— Está feito! Vingamos a honra do nosso pai! — encerrara.

2.5 Vida que Segue

O aniversário de maior idade dos filhos gêmeos de Laura fora marcado com a sua ausência, bem como a de Isabel.

Após aquele trágico dia em que perdera o amante, sua convivência com o marido e os filhos se tornara insuportável para ela.

Mesmo tendo tomado conhecimento dos fatos, seu marido jamais a ameaçara abandonar. Longe disso, demonstrara e assumira sua culpa por tão longas e forçadas ausências.

Após anos de tentativa, ela resolvera morar distante da família. Não conseguira mais estabelecer um vínculo e um equilíbrio familiar com os filhos mais velhos.

Chegara a combinar com o esposo que apareceria no festejo dos 21 anos dos filhos, mas não teve coragem de encará-los por vergonha e ressentimentos.

Ela nunca contara aos gêmeos que Yvan era o seu verdadeiro pai, apesar de achar que Raul desconfiasse disso.

Ele, por sua vez, jamais comentara com Laura sobre essa possibilidade. Demonstrara uma afeição enorme pelo "filho" homem e, talvez, tivesse medo de perdê-lo se adentrasse nesse emaranhado mundo da dúvida, das suposições.

Nesse momento do conto, Rita, esposa de Cosme, interrompe a conversa de ambas, gritando da porta dos fundos:

— Bom dia, comadre! Hora de tomar um cafezinho! Tá tudo quentinho ainda. Vamos comer, que já passam das sete horas! Abram a porta, que as vasilhas tão pesando!

Carla concorda com a pausa e convida Ynês para fazerem o desjejum. De repente, Rita ouve de lá:

— Peraí, madrinha!

— Já vai...!

A senhorita corre e abre a porta para Rita, cumprimentando-a:

— Bom dia, madrinha!

Surpresa com aquela saudação, Rita balbucia algo inteligível, entrega as vasilhas a Carla.

Volta-se para o terreiro dos fundos e grita em direção ao marido, com um tom de voz emocionado:

— Coooosme! Cosme, meu bem! Chegue cá! Venha logo, homi de Deus!

O marido acabara de soltar as vacas da patroa, após a ordenha, para pastarem — ou rasparem — o restinho da relva e os bagaços nesses dias de verão. Tendo iniciado o corte das palmas, que reforçam a alimentação do rebanho, assusta-se com tal chamado.

Solta a faca de sete polegadas no balaio, sai correndo em direção à amada, distante umas 24 braças dali. Ainda no percurso, grita-lhe:

— Que que tá acontecendo, meu docinho de coco? O que houve cocê?

Nesse ínterim, Bigode estava em seu cantinho cochilando e curtindo ainda a suave brisa do amanhecer. Levanta-se e late, vigorosamente, como a reclamar, incomodado com aquela zoada toda. "Esses humanos são muito barulhentos!", deve ter pensado...

Cosme, ao se aproximar do quintal, depara com a mulher externando um sorriso maroto e ouve:

— Aconteceu a coisa mais linda qu'eu já ouvi!

— E o que foi? Me diga logo, mulher! — implora o homem.

— A Carla me chamou de madrinha... — responde, com um ar de satisfação que Cosme, analisando aquela agitação toda, quase deixa de repreendê-la.

Todavia, o faz, por ímpeto:

— Vixe Maria! Pensei que fosse alguma coisa de mal acontecendo! Precisava desse vexame todo, mulher! Eu quase corto meu dedo com a faca peixeira, com esse seu aperreio todo!

Como sempre, depois das trovoadas vem a bonança. Chega a vez de Cosme bajular:

— Carla, minha querida afilhada! Olhe, pode me chamar de padrinho também, vice!

Carla, meio risonha com toda aquela peça, solta o verbo:

— Tá certo, meu padrinho Cosme!

A alegria foi geral.

Ynês, cuidadosamente, interrompe a todos e os convida para cearem juntos.

Cosme ainda tenta tapear, dizendo que as vacas estão esperando-o colocar os balaios de palma nos cochos.

Rita assanha-se, dizendo que está sem fome...

Tudo em vão!

A dona da casa não aceita as desculpas e Carla, reforçando, diz que eles não podem fazer essa desfeita com a afilhada.

Os padrinhos, acanhados, assentem, entram na casa e esperam a dona sentar-se à mesa.

Lugares acertados, a comida é posta, com a fartura que Deus proporciona ao forte e resistente trabalhador rural dessas bandas.

Na mesa, veem-se cuscuz de milho ralado, leite fresco cozido, ovos de galinha de capoeira fritos em banha de porco, manteiga novinha e cheirosa.

Acompanham: café coado e quente, no bule, pão adormecido, assado com manteiga, queijo coalho, beiju, umas piabas fritas e macaxeira cozida. Cada qual em poucas porções.

Rita, como sempre, solta outra frase de efeito:

— Eita, desde ontem minha barriga saiu da miséria! Cumadre, me passa esse cuscuz aí! Passei a madrugada ralando espiga e caprichando no ponto!

E rola mais alegria no ambiente.

O casal de amigos é convidado para, também, almoçarem juntos.

Ynês alega que sobrara muita comida da noite anterior e pede para, novamente, cearem em família.

— É feriado e ninguém vai precisar se cansar cozinhando. Basta requentar tudo! — conclui.

— Nós vem, né bem? Quero ouvir minha afilhada me chamar de madrinha de novo, quando voltar — insinua Rita.

Todos riem.

Após se despedirem do casal, as duas seguem para a varanda da frente, a fim de continuarem com a prosa.

A jovem acomoda-se em um dos bancos.

A narradora senta-se em uma surrada cadeira de descanso, com encosto em palha e pés de madeira.

O primeiro do dia do ano dá sinais de que terá uma temperatura amena. Passam das oito da manhã e o calor não incomoda tanto.

Após um breve comentário sobre o café da manhã, Ynês, a pedido de Carla, continua:

— Yran, após o trágico fato ocorrido em sua pré-adolescência, no qual atuara como um dos protagonistas, tornara-se um homem cheio de conflitos psicológicos.

Ainda quando criança, acordara sua mãe, por diversas vezes, nas madrugadas, dizendo que um bicho feio queria pegá-lo, devorá-lo.

Noutras vezes, dissera que se transformava em um monstro, um ser mitológico.

Certo dia, ele se queixou de um estranho incômodo em suas costas, atrás da nunca. Disse à mãe que apalpara uma espécie de ponto grosso atrás do pescoço, retirando a roupa e apontando o local com o dedo médio da mão esquerda.

Aproveitara e indagara-lhe por que sempre gostava de fazer tudo com aquela mão, diferentemente das demais pessoas, que costumavam fazer as coisas com a outra, a direita.

Sua mãe explicara que aquela saliência na nuca era um sinal de nascença, que iria crescer lentamente e aparecerem pequenos pelos quando se tornasse adolescente.

Quanto ao fato de ser canhoto, algumas pessoas nasciam assim mesmo e não era nenhum problema de saúde.

Laura, apesar de ter se casado muito jovem, um costume que ainda se vê por todo o interior nordestino, havia tido uma educação familiar refinada. Descendera de uma família nobre, empobrecida pela perseguição aos judeus, seus ascendentes.

Seus pais, para sobreviverem, disfarçaram-se de cristãos-novos e transformaram até mesmo o cantinho reservado ao santuário, no interior da casa em que moravam. Aí, praticavam diariamente os estudos cabalísticos, em oratório. Durante o dia, ou na presença de visitas, rezava nos moldes católicos.

Laura procurara transmitir aos três filhos todos os seus conhecimentos. Inclusive, ensinara-lhes a falar sua língua pátria, o espanhol.

Como os conflitos ainda não estavam pacificados naquela ex-colônia portuguesa, mesmo com movimentos para sua libertação surgindo por toda parte, preferira garantir aos filhos outra alternativa.

Ademais, as informações que chegavam àquela vila eram de que a coroa espanhola tinha enriquecido e se fortalecido muito com as invasões e o domínio das terras que circundavam o Brasil. Soube, ainda, que um tratado estranho e pouco esclarecido, quase incógnito, fizera surgir, acima do Brasil, algumas Guianas. Três, no total.

Raul ouvira alguns dos vários comentários entre os patrícios. Garantir a paz, bem como acomodar os invasores naquela região, era um deles. Também agradar aos ingleses pelo apoio, pelo reconhecimento e pela garantia da independência do Reino brasileiro. Outro: garantir apoio na criação de um novo reino, o Grão-Pará, caso o reinado do Brasil sucumbisse.

Raul, como fizera com Yvan, ensinara tudo o que sabia sobre mineração a Yran, preparando-o para substituí-lo num futuro próximo. Tentara iniciá-lo, também, em estudos paralelos, buscando torná-lo um homem justo, livre e de bons costumes. Chegara a levá-lo a reuniões discretas com outros senhores daquela povoação, que costumavam estudar assuntos com base nos livros da natureza, da vida e do homem.

Yrene, sua irmã, não se conformara em somente fazer as atribuições domésticas após o afastamento de sua mãe. Também exigira aprender aquele ofício, atípico para mulheres. Ela se encantara com as diversidades de cores observadas nas pedras, de variados tamanhos, que seu pai trazia para lapidarem e venderem.

Raul cedera aos apelos da, então, jovem senhorita. Sempre que possível, engajara-a nas lições e nas tarefas com seu irmão.

Como percebera a dispersão constante do rapaz, seguira o conselho de um fraterno amigo. Iniciara a gêmea nos ensinamentos filosóficos que trouxera consigo da época em que vivera na corte espanhola.

Levava-a, sempre que possível, aos debates com os demais na mista confraria que criaram, contrariando a tradição exclusivamente masculina.

Naqueles dias, viviam novos tempos.

A antiga colônia do Reino Unido de Portugal, que se passara a chamar Império do Brasil havia quase quatro décadas, consolidara-se como um novo reino e possuía um jovem imperador, genuinamente filho dessas terras.

Foram anos de esperanças para os estrangeiros e seus descendentes.

O novo chefe, desse enorme e jovem reino, incentivara uma política de migração europeia. Chegara a bancar as despesas com a travessia do Atlântico para as famílias que assim o quisessem.

Comentaram alguns que a intenção dele era "branquear" mais a pele mestiça da população forjada nestas terras. Para outros, o jovem estadista, amante das artes e da ciência, queria mesmo era melhorar o nível de cultura do seu povo, reforçando-o com os conhecimentos e as culturas europeus.

Os negócios de Raul prosperaram e ele resolvera contratar mais um ajudante para trabalhar, diariamente, no quinhão daquela família. Um holandês, de alcunha Myguel, fora o escolhido.

Na verdade, um viúvo sem filhos de um dos casais que desembarcaram próximo àquele local rico em peixes, com um olho-d'água ao monte.

Perdera a esposa pouco tempo após chegarem ali, vítima de uma febre muito forte, comum naquela região ribeirinha. Era um típico trabalhador braçal, muito prestativo.

Passara dos 40 anos, mas não aparentara ter a idade que seu fenótipo supunha. Era um senhor bem-disposto e ficara encarregado de cuidar da manutenção do imóvel de Raul, que crescera em área e instalações de apoio.

Durante a sua estada, o novo morador concordara em dormir no apoio do celeiro, uma espécie de sótão, construído, inicialmente, para armazenar feno, nos moldes europeus. Experiência essa que não surtira o efeito desejado naquelas terras de clima quente e seco, com uma amplitude térmica admirável.

Com o passar dos dias, o novo empregado se tornara um auxiliar essencial para Yrene. Sua incipiência com a jovem senhorita rapidamente se transformara em intimidade. Essa relação não demorara muito para chamar a atenção e provocar em Yran certos sentimentos de ciúmes pela irmã.

O comportamento insipiente do irmão, por outro lado, começara a produzir efeitos contrários ao incipiente casal.

Yrene, sentindo naquela relação a oportunidade de conhecer e colocar em prática seus desejos femininos, não descartara a possibilidade de constituir uma futura família com esse homem, decidindo não dar muita atenção às insinuações proferidas, diariamente, por seu irmão.

Apesar de ele ser maduro e ter o dobro de sua idade, Myguel era probo, justo, livre e de bons costumes. Tinha, ainda, uma feição desejada por qualquer mulher daquele confim em que viviam.

Já o vira participando de algumas reuniões reservadas da confraria. Seu irmão, ao contrário, recusara-se a continuar frequentando aquele local privado.

Quanto a Raul, Yrene acreditava que não atrapalharia em nada se fosse procurado e provocado a interferir naquele assunto. Pensava exatamente o contrário: ganharia e teria o apoio dele se chegassem, ela e o irmão, a alguma via de fato.

Decidira arriscar e apostar todas as suas cartas nessa relação.

Pressionada por seu irmão, que resolvera ter uma conversa séria com o empregado sobre ambos, Yrene toma uma iniciativa que mudaria sua trajetória de vida.

Numa noite calma, levantara da cama e se embrenhara no mato, em direção ao celeiro. Como a aguardá-la, Myguel postara-se na entrada daquela instalação. Estava encostado em suas paredes de tábuas, a admirar a bela Lua, que pouco clareava o ambiente.

Entreolharam-se e, como se fossem almas gêmeas vividas por várias encarnações, entrelaçaram-se. Amaram-se ali mesmo, na frente da construção, sobre o assoalho de um bem trabalhado carro de boi, à luz do luar.

Vararam, madrugada afora, numa saciedade quase ilimitada. Dali em diante, promessas e planos foram o que não faltaram.

Juras de amor, do tipo: *"não me vejo mais sem ti; sempre te amarei...; sempre estarei contigo...; eu serei sempre teu...; por toda a vida...; desde o primeiro momento em que te vi, tive a certeza de que seríamos um só; sempre te farei feliz..."*, e por aí afora respingaram de suas bocas em diversas ocasiões.

A rotina de Yrene nunca mais fora a mesma.

Passados alguns meses, percebera que as regras lhe faltaram. Não tivera dúvida: engravidara. Isso lhe trouxera uma grande preocupação. Não pelo fato de que gerara um filho de alguém que desejara, mas porque seu irmão, nos últimos dias, se comportara de maneira muito estranha.

Chegara a lhe dizer que atentaria contra a vida do seu amado se soubesse que ele avançara o sinal de respeito a ela.

— Uma jovem e respeitável senhorita da comunidade local não teria sua honra maculada. Principalmente, sendo a minha própria irmã! — confessara-lhe.

— Isso ocorrendo, seu malfeitor não ficaria impune! — prometera.

Yrene sentira-se em uma encruzilhada: "Enfrentaria a fúria do irmão, com todas as suas ameaças, ou cederia a suas chantagens e tomaria outra decisão trágica contra si mesma?", refletira.

Na primeira oportunidade, procurara Myguel e contara-lhe sobre seu estado físico.

Ele, como Yrene esperara que reagisse, afirmara-lhe que enfrentaria todos e tudo o que fosse preciso para continuar convivendo com ela. Afirmara, ainda, que criariam esse filho.

Não admitiria que sua amada provocasse um aborto com a ingestão de ervas caseiras cultivadas e existentes ali mesmo, confessada por ela. Sabia ele que "a diferença entre o remédio e o veneno era a dosagem a ser aplicada".

Yrene, investida da segurança passada pelo pai do seu futuro filho, ficara mais confiante. Decidira enfrentar Yran, que estaria para chegar de uma missão de campo dada por Raul.

Antes, porém, procuraram Raul e pediram-lhe compreensão e apoio. Obtiveram dele a plena compreensão. Sabia aquele bondoso e sábio homem que os caminhos da vida eram trilhados e desenhados por cada um, não podendo interferir nas decisões íntimas daquele novo casal.

Quanto ao apoio, fora bem sincero de que isso dependeria da reação de Yran. Precisara e dependera muito dele para dar continuidade ao seu ofício. Preparara-o para substituí-lo na velhice, que já se acercara do seu corpo, com alguns sinais típicos de desgastes. Ensinara-lhes, naquela oportunidade, outra lição:

— Uma das maiores armas do ser humano era exatamente aquela usada na criação do mundo pelo Grande Arquiteto do Universo: a palavra.

Um bom diálogo, utilizando-se sempre de um tom brando e sabendo encaixar as palavras certas, produziria, sem dúvida alguma, um propenso estado de equilíbrio e, certamente, conduzi-los-ia a um bom convívio.

Abrandara seus sentimentos dizendo que os abençoara como casal, desejando que todos continuassem unidos.

— Seria aquela uma ótima oportunidade para se fortalecerem como família — prolatara Raul. Dependendo dele, tentaria convencer Yran a aceitar aquela realidade.

Setenta e duas horas passadas foram como uma eternidade para todos.

A chegada de Yran trouxera um clima de tensão que remontara àquele trágico episódio de mais de uma década.

Yrene se esforçara ao máximo preparando-se para enfrentá-lo, civilizadamente, na primeira oportunidade que tivera.

Na hora do almoço, iniciara a conversa desejando-lhe um ótimo regresso ao lar.

Em seguida, mandara-lhe servir uma caprichada e trabalhosa refeição que aprendera com algumas negras, moradoras de um mocambo instalado aos fundos dessas terras. Sabia que seu irmão, certa feita, comentara ter provado e adorado um dos pratos que comera em suas andanças, elaborado por escravos.

Sua aparência poderia não ser boa. Aproveitavam-se as vísceras e o bucho do animal sacrificado, além do seu sangue, que era cozido.

Esses órgãos internos eram pinicados, temperados e guardados em bolsas costuradas, feitas com pedaços do estômago do próprio animal. Depois, era só colocá-las dentro de um caldeirão com água, para ferver, quebrando sua resistência fibrosa e servir a iguaria, ainda quente. Não obstante, deliciara-se com aquela exótica mistura.

Torcendo para estar agradando, ouvira, em resposta, uma frase que a desarmara completamente:

— Tu estarias grávida, não era isso, mana?

Fora como se o chão se abrisse e Yrene não achasse em que se firmar.

Prosseguira, com suas afirmações:

— Há dias que soubera. Antes mesmo dessa curta viagem, vinha acompanhando seus afazeres de perto. Passara mais de um mês bisbilhotando todas as suas lavagens de roupas e não vira qualquer sinal de sangue em suas peças íntimas. Viajara pensando em que decidiria fazer quando voltasse para cá.

Yrene, com um ar de desespero e raiva, reprimira-o severamente:

— Tu não tinhas esse direito de saberes sobre minhas intimidades!

Continua:

— E agora, que irás fazer? Atentarias contra a vida do pai do teu futuro sobrinho?

Yran, mantendo a sua frieza, respondeu-lhe:

— Não costumo deixar de cumprir com as promessas. E essa não poderia ser uma exceção...

Fora interrompido com uma acusação que abalara seus sentidos. Isso proporcionara tempo para futuras e previamente planejadas atitudes de sua irmã:

— Querias, então, deixar teu sobrinho órfão de pai, como ficáramos quando mataras Yvan?

Não esperara ouvir aquilo da irmã e não aceitara tal colocação.

Levantou-se, esmurrando a mesa com os dois punhos, gritando em fúria, descontrolado, e avançando em sua direção:

— Que absurda acusação! Yvan não era seu pai!

Com os nervos à flor da pele, Yrene começa a chorar e afirma:

— Era sim! Seu pai e meu pai! Carregas contigo até uma prova disso!

O irmão exigira que mostrasse a tal prova, imediatamente, sob a pena de atentar contra a vida dela por tamanha blasfêmia.

A irmã, quase sem fôlego, pois sentira seu pescoço sendo sufocado pela mão esquerda do irmão, dissera-lhe que o sinal que ele tinha atrás da cabeça, na altura da nuca, era o mesmo que Yvan possuía.

E acrescentara que também nascera assim, portando um desses no correspondente lugar. Contudo, escondera que ouvira um cochicho entre o casal de amantes, quando Myguel falara, no ouvido de Laura, ao se despedirem, sobre o tal sinal. A princípio, não entendera bem a informação daquele sussurro.

A discussão chamara a atenção de Myguel, que voltara do povoado Porto da Folha com seu patrão.

Raul lhe determinara que, assim que Yran retornasse de viagem, deixasse todos os seus afazeres de lado e fosse buscá-lo, depressa, no ponto comercial que estava a organizar para abrir por lá.

Presenciando aquela cena, Raul não encontrara melhor oportunidade.

Interferindo, de imediato, e mandando que Yran soltasse o pescoço da irmã, confirmou que eles eram mesmo filhos de seu ex-ajudante, Yvan.

Essa declaração fizera Yran recuar seu braço esquerdo, liberando a goela da consanguínea. Começando a contorcer seu corpo, como em sinal de um grave colapso nervoso, desabara, em seguida, ao chão, e apagara.

À boca da noite, já conduzido e deitado em seu leito, Yran começara a retomar sua lucidez. Postado ao seu lado, Raul, sentado em uma cadeira.

Próxima à porta, sua irmã, que fora acionada pelo chefe da família para lhe trazer um copo com água, adocicada com açúcar demerara.

Lá fora, ao pé da porta do alpendre, postara-se Myguel, aguardando ansiosamente notícias.

— Cadê ele? — fora a primeira expressão de Yran.

— Ele quem? — perguntara-lhe Raul, inseguro de quem se tratara.

— Aquele miserável que desonrara Yrene! — exclama.

— Ele não desonrou ninguém! — respondeu-lhe Yrene.

Acrescentara que fora ela mesma quem procurara aquela situação e que não iria ficar solteira tendo encontrado alguém de bem, que ela amava, porque seu irmão não concordara com a sua escolha.

Raul pedira que se acalmassem e tentassem se entender ali mesmo, naquele instante, sem mais conflitos. Confessara que sempre desejara que a paz voltasse a reinar naquele lar.

Yran, percebendo que o chefe da casa tendia em apoiar a irmã, começou a se levantar. Seguia afirmando que acabaria com a raça daquele desgraçado e iria embora dali para sempre. De sorte, um leve choque neural o fizera deitar novamente.

Raul apelara para que repensasse sua decisão. Uma desgraça já se abatera naquela família e não justificaria a ocorrência de outra nessa estirpe.

Alguns minutos mais, ainda deitado e recompondo suas perturbadas ideias, Yran, surpreendendo a ambos, propusera outra alternativa para resolverem o imbróglio. Prometera cumprir se os demais respeitassem as condições que proporia.

Externando seu sentimento extremamente possessivo e ciumento, ele propusera que Raul dispensasse Myguel dos serviços, prontamente. Exigira, ainda, para lhe dizer que nunca mais aparecesse ali, sob pena de matá-lo.

Impusera, também, que sua irmã não poderia seguir com o romance e que ela continuaria morando ali, com eles.

Finalizara dizendo que ela nunca mais poderia se relacionar com homem nenhum e que seu filho seria criado sem pai.

Antes que Yrene reagisse e falasse algo, Raul a interpelara e pedira alguns minutos a Yran para falar a sós com ela fora do quarto. Adiantara que uma aceitação a essas imposições necessitaria de uma conversa reservada com Yrene.

Quase meia hora depois, retornara e informara ao impositor que sua irmã, a contragosto, aceitara todas as suas condições, em nome da sobrevivência e da união familiar.

Aquela notícia fora providencial e ressoara nos ouvidos do perturbado Yran como uma suave música, uma bela melodia, relaxando-o.

O som, o terceiro instrumento divino na criação, é uma prova viva de que sua entoação afeta e influencia nosso comportamento. Ele age, verdadeiramente, em nossos sentidos, sentimentos e comportamentos.

Sentira-se, mais uma vez, vitorioso.

Dormira o restante da noite como um bebê, sem nem perceber o que realmente ocorrera lá fora.

O que ocorrera, longe dos olhos e dos ouvidos de Yran, foi que eles confabularam entre si. Tentaram apaziguar a situação de Myguel, que ficaria desempregado e sem alojamento.

Raul cedera ao apelo de Yrene para que o casal continuasse se encontrando às escondidas e com muito cuidado, em algum lugar longe dali.

Mais aliviados com aquelas palavras de apoio, Yrene acabou cedendo e o casal agradeceu a compreensão de Raul.

Acertou-se que Myguel não mais amanheceria ali. Ele sairia, ato contínuo, em busca de um novo refúgio.

Para Myguel, Yrene era tão linda, tão perfeita e tão bela que sentia um primoroso prazer somente em vê-la, tal qual a doçura e leveza de uma flor da acácia amarela. Ele não suportaria viver sem desfrutar de sua companhia, mesmo que restritivamente, como lhe impuseram.

Raul, seu agora ex-patrão, prometera, ainda, ajudá-lo monetariamente enquanto não se estabelecesse em outro emprego qualquer.

Tudo acertado, o casal despedira-se com uma tristeza bem marcante no olhar.

2.6 Ary Nasce, Aryanne Morre

Agosto iniciara com fortes e passageiras pancadas de chuva, típicas do final de inverno naquela região nordestina.

Um mês conhecido por trazer sempre novidades, em todas as áreas da imaginação, principalmente, aos supersticiosos.

Yrene se preparava para dar à luz pela primeira vez. Estava ansiosa para ser mãe. Seu instinto de maternidade lhe arrepiava a pele. Todavia, algo não ia bem em seu pré-natal.

Para dar assistência e acompanhar seu parto, Raul pedira socorro ao cacique de uma tribo indígena estabelecida naquela região, os wakonãs. Os dois se conheceram durante uma de suas pesquisas nas terras desses nativos. Desde então, criaram certa afeição e amizade.

Em uma de suas prosas com esse chefe de tribo, ele soubera das habilidades daquelas nativas em trazer crianças a este mundo, como parteiras. O cacique concordara com a participação de uma de suas anciãs, Aracy, uma experiente aparadeira, para que usasse a habilidade de suas mãos, naquela manhã ensolarada, e ajudasse Yrene a parir.

Esse adjutório fora essencial para que viessem ao mundo mais duas almas, apelidadas com os nomes de Ary e Aryanne, sugeridos por Raul, prontamente aceitos e postos por Yrene.

O parto fora muito trabalhoso. Deixara sequelas na mãe, que quase viera a óbito.

Para salvá-la, ao tentar estancar um persistente sangramento vaginal, a indígena utilizara ervas tradicionais em doses cavalares em Yrene. Essas plantas eram desconhecidas da cultura de Raul.

Com isso, conseguira atingir seu intento; todavia, a parturiente ficara com sequelas.

Yrene não conseguira amamentar. Precisaram arranjar duas amas de leite. Raul optou em buscar ajuda, dessa vez, no mocambo próximo. As mulheres negras dali tinham seios fartos.

Com uma boa oferta e todas as exigências concedidas, não foi difícil contratar duas delas para essa nobre, essencial e diuturna missão.

Crianças, então, não faltaram para trazer um pouco de alegria àquele perturbado lar. Além do casal de filhos de Yrene, as filhas das amas de leite completaram a festança diária.

De início, o coral de vozes era composto pelo chororô diário, "combinado" entre elas. E haja mingau de caldo de arroz e papa de leite de cabra para complementar a alimentação da criançada!

Foram quase seis meses de pura dedicação de Raul àquela causa. Enquanto isso, Yran lhe substituíra em seus afazeres.

Por sua vez, Myguel aguardara ansioso para poder ver sua prole e sua querida amada. Esse pai solitário recebera um recado cifrado de Raul, dizendo-lhe que precisaria esperar por alguns meses para aparecer, anonimamente, como vinha ocorrendo. Yrene precisara de repouso absoluto e de cuidados diários na higienização.

Durante o seu afastamento inicial, nos primeiros meses da gestação, Myguel penetrara naquela propriedade, escondido de Yran, quase toda quinzena. O lugar de encontro: o de sempre, o sótão do estábulo.

Não obstante, buscara fazê-lo quando confirmado antes por um mensageiro de Raul; normalmente, um obreiro da incipiente confraria local. Isso só ocorria com os afastamentos de Yran, em suas viagens de serviço.

Dessa feita, precisaria mesmo aguardar.

A sina de Ynácio Reysh: filhos do Sol, filhos da Lua

Yrene tentara manter o controle, mas não se conformara em ficar sem contato algum com o seu amado.

— Sequer Myguel pudera ver seus próprios filhos! — lamentara.

O desolado e deslocado pai decidira buscar a sorte em uma nova vila, acima do rio, que começara a se fortalecer comercialmente após a chegada de um navio a vapor, o Pirajá. Esse barco iniciara viagens semanais pelo São Francisco após a passagem por ali, no ano anterior, do imperador Pedro II.

A região estava se desenvolvendo muito bem, pois essa rota fluvial facilitara o escoamento e a troca de mercadorias de todos os gêneros entre as comunidades ribeirinhas daquele extenso braço do rio. A rota ia desde a sua foz, em Piaçabuçu, até um tal de Entre Montes, perto do acanhado povoado de Piranhas.

Antes de partir, passados quase dois meses do nascimento de seus filhos, Myguel arriscara, por conta e risco, visitar sua amada e conhecer, finalmente, sua prole.

Chegara naquela propriedade de dia mesmo, no meio da manhã. Vestia um surrado terno de linho branco, amarelado pelo tempo. Cabelos, barba e bigode caprichosamente feitos. Calçando uma botina, sem coloração definida em virtude do tempo, aproximara-se da casa.

Aquele horário de visita não fora escolhido aleatoriamente por ele. Sabia que, em dias normais, nesse horário, Yran e Raul costumavam estar entretidos na Vila, com seus afazeres profissionais.

Da frente da varanda, clamara por sua amada. Reconhecendo aquela voz, Yrene pensara estar delirando.

Levantando-se, cuidadosamente, observara pela janela do seu quarto e confirmara se tratar mesmo do pai de seus filhos.

Acenou para que entrasse, rapidamente, e se dirigisse aos seus aposentos, o que foi atendido, de imediato. Myguel lhe abraçou com muito cuidado, de forma carinhosa. Beijaram-se demoradamente.

Ainda em seus braços, Yrene chamara as duas amas de leite para que trouxessem os meninos. Queria mostrá-los ao pai. As mocambeiras lhe atenderam e se postaram ali mesmo, juntas ao casal, dentro do quarto.

Findas as apresentações das crianças, seguidas de um carinhoso, longo e suave afago do pai, ele não se conteve de emoção e se derramou em lágrimas.

Preocupada com sua integridade física, Yrene o interpela sobre a possível chegada de seu desafeto. Sugere que Myguel se vá e planeje uma nova visita, de forma mais segura.

Ele compreendera a advertência e concordara. Prepararam-se para se despedir quando ouviram o diálogo entre dois homens, aproximando-se da entrada da casa.

Nervosa, Yrene pedira para o amado moscar, urgente, dali.

Myguel até tentara ensaiar uma fuga pela janela, mas fora flagrado pelo indesejado cunhado.

Ao vê-lo, Yran se transformara em puro ódio e avançara sobre o desafeto.

O cenário trágico começara. Com esse ímpeto desastrado, Yran tropeçara em algo e caíra de encontro à ama que segurava a sobrinha nos braços.

A criança e a ama de leite, com o sobressalto, foram arremessadas ao chão. Sentindo fortes dores no ombro esquerdo, essa cuidadora procurara se levantar, um pouco atordoada, xingando aquele malefício.

Lembrara e buscara, desesperadamente, apanhar o bebê. Ao encontrá-lo, ao pé da parede, grita, em descontrole, afirmando que ele teria sido morto.

Ao ouvirem isso, um momento de silêncio tomou conta do ambiente. Foram menos de três segundos.

Confirmando a veracidade do fato, Myguel, que estivera atracado a Yran, empurrara-o para o lado.

Visualizando uma jarra com água, repousando próxima à cabeceira da cama de Yrene, apanhara-a e avançara com o objeto contra seu agressor.

Yran permanecera imóvel, de pé, paralisado com a cena que produzira e resultara no falecimento da sobrinha.

Ficaria assim, ainda, paralisado, por um bom tempo. Dessa feita, ao chão, desacordado, após ter sido atingido por uma pancada em sua cabeça desferida por Myguel com a jarra de metal que empunhara. Este o acertara acima do seu tímpano direito.

— Mereceras! — exclama Myguel.

Este pai, emocionalmente perturbado, passara a vista em toda a cena ao redor. Ao encarar o olhar de desespero da amada, punha-se a correr dali, sumindo mundo afora. Sabia ele que as consequências contra si, àquela altura, eram imprevisíveis.

Como tivera planejando sua viajem fluvial, soubera que o Pirajá estaria aportando naquela vila no início da madrugada do dia seguinte. O bilhete da passagem já estava em seu bolso. Escondera-se e passara o dia na mata, à sombra de um buriti.

Ao anoitecer, fora se abrigar na sede do recinto em que se reunia com os demais buscadores de conhecimentos. Como previsto, não conseguira pegar no sono.

Naquela noite, resolvera bisbilhotar todo o ambiente do lugar. Nunca fizera isso antes, mas algo o impelira.

Rebuscando, não sabia o que, resolvera abrir a gaveta da escrivaninha de Raul, o venerável condutor dos trabalhos do local.

Em seu interior, encontrara e desenrolara um pergaminho escrito pelo mentor: tratava-se de uma carta de recomendação, endereçada a quem direito se interessasse. Anuíra, ao seu portador, a boa-fé, a presteza e a garantia de bons serviços a quem lhe contratasse.

"Como tinha sido deixada assinada pelo respeitável mestre Raul, poderia ser de grande valia para os seus intentos", pensara.

Não vacilara. Apossara-se da carta, sem nunca ter sabido que ela fora exatamente escrita para ele, previamente e com aquele fim, pelo seu subscritor. Guardara-a com todo cuidado, esperando os primeiros raios de Sol para se conduzir ao cais.

Decide sair antes, por achar mais prudente e mais conveniente; pegara um chapéu deixado ali por algum aprendiz. Deformara-o um pouco e o colocara sobre a cabeça, para tentar dificultar sua identificação por eventual curioso.

Passavam das seis horas da manhã quando a nau ancorou no porto da vila, vinda do distrito de Porto Real do Colégio. Assim que aportou, Myguel foi um dos primeiros a embarcar.

No seu interior, procurara se acomodar no fundo dela, em um local bem discreto. Menos de meia hora, a barca zarpa rio acima. Próximo ao seu acento, estavam sentadas algumas crianças e jesuítas.

"Esses bravos e verdadeiros soldados da causa cristã, que não seguiam à risca as ordens da Cúria Romana, estariam em toda parte dessas terras a evangelizar nativos e pagãos que encontrassem em seu caminho", pensara.

"O que estariam fazendo ali, naquela embarcação, acompanhando aquelas crianças? São três machos e uma fêmea. Todos bem-vestidos e comportados, como se carregassem uma boa bagagem de instrução. O mais novo deles aparenta ter quase uma década de idade", continuou refletindo.

Como que atraída pelos pensamentos do agora fugitivo Myguel, uma das crianças se levantara, demonstrando já estar enfadada de tanto viajar, e conduzira-se em sua direção.

Já perto de Myguel, perguntara-lhe qual o nome daquele povoado em que embarcara, sendo prontamente correspondido por ele, de modo sereno. Aguarda, passivamente, as próximas perguntas:

— Qual o seu nome e para onde vai?

Da mesma forma, respondera-lhe Myguel. Ele, evitando que continuasse a ser interpelado, procurara virar o jogo, indagando o menino:

— Qual seu nome, criança? Aqueles garotos são seus irmãos? De onde vêm e para onde vão?

Em resposta, ouviu que se chamava Seraphim.

Os demais eram seus irmãos, Manoel, Antônio e Maria. Teriam ficado órfãos, há alguns anos, e foram levados a morar em um educandário religioso, numa Quinta, Oliveira das Almeiras, perto de Rifania, em Porto. Sua família, os Soares, servia à Coroa portuguesa há várias gerações.

Concluiu dizendo que tinham sido convencidos, por parentes que por lá viviam, a migrar para essas bandas, sob a tutela dos sacerdotes.

Foi adiantado a eles que, estabelecendo-se neste novo reino, receberiam sustento e um quinhão em terras, como compensação, além de proteção do Império brasileiro, em reconhecimento aos relevantes serviços prestados por seus ascendentes à Coroa portuguesa.

Esses órfãos foram vítimas dos constantes conflitos por que passaram a enfrentar as Casas dos Bragança, nos dois continentes, com o advento dos pensamentos republicanos em quase toda a Europa, após o início do Iluminismo, no final do século anterior.

Myguel, um pouco sonolento pela dura noite passada, percebendo que a criança continuaria a interpelá-lo, disfarçara um espreguiçamento.

Levantara e informara ao menor que se dirigiria ao convés, em busca de um pouco de café, a bebida da moda. Ao ficar de pé, sem perceber, deixara cair do bolso do seu paletó o enrolado papel que usurpara na noite passada.

De volta ao seu assento, um dos sacerdotes de Cristo chamou a atenção de Seraphim para que, discretamente, retornasse àquele local em que proseou com o estranho e procurasse ver algo que viu cair no assoalho da nau.

O garoto obedeceu-lhe. Volvendo, entregou o escrito ao padre. O rolo se apresentava cheio de digitais. Provavelmente, de seu do portador desconhecido e/ou de outrem que também tivera acesso.

Aquelas marcas de sujeira foram igualmente providenciais. Deram a impressão de que o sujeito possuíra o documento e já o tinha manipulado por algum tempo. Possivelmente, apresentando-o a potenciais empregadores.

Myguel conseguira se esconder daquela criança no andar superior da embarcação. Acomodara-se em outra poltrona para cochilar um pouco. Não obstante, dera por falta do documento. Vira-se obrigado a retornar, à procura daquele valioso e furtado papel.

Chegando ao local que originalmente começara a viagem, não encontrara o que buscara. De relance, vira o padre levantando o seu objeto em sua direção e sorrindo, discretamente, para ele, como lhe dizendo que estaria de posse do que lhe pertencera.

Ao se aproximar para agradecer e receber seu precioso escrito, o padre segurava-o de forma a revelar, sem querer, a assinatura de Raul. Ficou admirado com a expressão de curiosidade que viu no rosto do representante da Igreja.

Antes que ouvisse qualquer interpelação do jesuíta, adiantara que aquele documento era apenas uma carta de recomendação para que facilitasse conseguir uma ocupação, pois ficara desempregado.

O religioso, mesmo assim, inquirira-o se aquela assinatura era mesmo do mestre Raul.

Sentindo um alívio provincial, Myguel respondera, com outras indagações, de forma não ofensiva:

— Como soubera tratar-se da assinatura de Raul? Acaso tivera acesso ao conteúdo do documento sem prévia permissão do seu portador?

O jesuíta lhe respondera estendendo sua mão, em sinal de apresentação e respeito, prontamente correspondido por Myguel que, após sentir a devida pressão, ouvira do religioso que não deveria se preocupar, pois estava entre irmãos.

Os integrantes dessa respeitável e admirável Ordem Iniciática, senão a mais estudiosa das cristãs, costumavam frequentar, assiduamente, as demais escolas de estudos das tradições universais.

Isso era costumeiro, enriquecedor e sem freios antes da expedição da bula papal *In eminenti apostolatus specula*, havia um pouco mais de um século.

Muitos fizeram vistas grossas a essas amarras e pretensas limitações ao avanço do saber universal.

Na verdade, a publicação dessa bula fora uma resposta da Cúria Romana na tentativa de acalmar os fortes ventos do Iluminismo, que avançara e se firmara por quase toda a Europa, progredindo, com fortes rajadas, para as antigas colônias nas Américas.

Não sabiam eles que, dali a poucos anos, Pio IX endureceria com esses livres e rebeldes buscadores de conhecimentos. Tal papa provocara a cassação e a excomunhão de vários párocos daquela região, com a adesão dos bispos de Olinda e de Belém às orientações do seu superior romano.

Essa atitude, por parte de representantes da Igreja em solo brasileiro, gerara um grave conflito diplomático entre Roma e o nosso governo à época.

O último imperador do Brasil era totalmente contra tal ato proibitivo, atentatório à livre liberdade de pensamento.

Numa reação enérgica e independente, chegara a punir esses sacerdotes perseguidores, impondo-lhes as penas de reclusão e de prestação de serviços forçados. Acabara ganhando um inimigo político religioso de peso mundial.

Myguel sentira um forte alívio ao ser reconhecido pelos jesuítas como um buscador. Ouvira deles que seu instrutor, Raul, era bastante conhecido entre os estudiosos por seu saber elevado e precoce, bem como porque ele iniciara seus estudos desde pequeno, ainda na Corte espanhola.

Fora, de imediato, convidado a trabalhar com os eclesiásticos na Vila Pão de Açúcar, o destino provisório daqueles irmãos de fé. Myguel não tinha melhor opção. Aceitara, de pronto, o convite.

Por enquanto, teria a chance de angariar fundos iniciais para tocar sua vida e se firmar em um paradeiro seguro. Receara poder ser desmascarado pela atitude que cometera em furtar aquele documento; todavia, não desperdiçaria a oportunidade.

"Pelo menos, por algum tempo", refletira.

Alguns dias após terem desembarcado no recém-nomeado distrito de Pão de Açúcar, recebera a primeira missão: acompanhar uma reforma na capela do distrito de Limoeiro, distante algumas léguas rio abaixo.

O motivo: estariam na iminência de receber a visita do presidente da província.

Queriam impressionar aquela autoridade, dada a sua religiosidade.

Imitando a comitiva do imperador, esse presidente costumara realizar visitas aos lugares sacros existentes no percurso de suas viagens.

Como gostava de caçar, Myguel aproveitara os horários de folga para conhecer os arredores. Nunca chegara de mãos abanando. Apesar de aparentemente inóspita e sem vida, a caatinga local lhe oferecia uma diversidade de presas.

Para a alegria de seus companheiros de labuta, até veado-campeiro já abatera e se fartara com esses animais em churrascos regados a licor do coco do ouricuri.

Em uma de suas andanças, resolvera se distanciar um pouco mais e subir um longo caminho, que o levara a terras de um fazendeiro de alcunha Félix, distantes pouco mais de duas léguas de Limoeiro, serra acima.

Vislumbrara um horizonte convidativo e reservado. Acabara investindo todas as suas economias para negociar com aquele produtor rural um pedacinho desse chão. Seu Félix aceitara a proposta e concretizara a alienação.

O caçador pensara, com aquela aquisição, futuramente, construir seu próprio cantinho ali mesmo.

2.7 Eu Sou

Dez longos anos se passaram sem que Myguel soubesse como ficara a amada e o seu filho, após o trágico acontecimento que culminara em seu necessário e distante refúgio.

Acumulara conhecimentos trabalhando nas reformas e nas construções de templos religiosos, em várias comunidades da antiga Jaciobá alagoana.

O auxílio que prestara nos serviços de alvenaria e carpintaria fora suficiente para investir em seu próprio bem. Fizera a fundação, com pedras catadas no próprio sítio, e erguera as paredes do seu futuro rancho com barro, entrelaçando-o em varas de catingueira.

Todas as suas folgas eram dedicadas a soerguer, aos poucos, sua futura moradia. Em menos de um ano, até a cerca concluíra. Não dormira uma noite sequer sem pensar em, um dia, roubar sua querida Yrene e trazê-la para seu rancho, a fim de manterem seus destinos juntos.

De quando em vez, enviava-lhes notícias e cartas por obreiros conhecidos em Pão de Açúcar, mas não sabia se ela os recebera.

Aproximara-se dos 60 anos de idade e não queria mais esperar. Até aquela data, não entendera como ainda não fora descoberto o seu malefício, nem pelos padres, nem pelas autoridades regionais.

Inocentemente, sem ter tido a oportunidade de galgar algum cargo administrativo em sua antiga fraternidade, não conhecera como funcionara a rede de informações entre os seus integrantes.

Há anos os jesuítas, que o acolheram, já tinham tido acesso aos pormenores do seu passado. Ficaram cientes da grande perda de sua filha recém-nascida. Esse detalhe, tão importante, haveria de pesar na balança em seu favor, equilibrando os pratos.

Concluíram ser injusto podarem sua caminhada na senda que o levaria à Luz Maior. Perceberam que ele prosseguira sempre persistindo e trilhando no caminho da retidão.

Trabalhara entre colunas, assiduamente. Ajudara a construir muitos templos às virtudes humanas, cavando, copiosamente, túmulos aos vícios a que defrontara pelo caminho.

Quanto à carta de apresentação furtada, Raul lhes informara que realmente a havia redigido para o portador, mas não tivera a oportunidade de entregá-la devido ao ocorrido. Usara o documento para um bom e justo fim.

— Afinal, quem nunca errou que atire a primeira pedra — concluiu-se e os jesuítas sentenciaram sua inocência.

Myguel concluíra sua modesta moradia.

Sua nova etapa fora trabalhar, duramente, nos períodos de folga, substituindo os colegas em seus turnos para acumular, pelo menos, uma semana de dispensa. Em poucos meses, atingira esta última meta.

Restara, então, empreender viagem em busca de resgatar sua tão desejada companheira.

Algumas dúvidas o incomodaram e trouxeram-lhe insegurança: Yrene ainda o desejaria? Seu filho sobrevivera? Ele o aceitaria e o reconheceria como pai? Será que seu desafeto sobrevivera? Raul o receberia?

Não aceitara mais continuar vivendo no mundo da suposição sem dar um real sentido e uma nova direção à sua vida.

Decidira não se importar mais com essas dúvidas. Escolhera embarcar na manhã do próximo domingo. Viajaria em uma canoa de tolda, para chamar menos atenção. Levaria mais do que o dobro do tempo de um barco a vapor. Navegaria, não obstante, em favor da correnteza.

As grandes velas dessa canoa iriam dar mais impulso no seu deslocamento sobre as águas. "Pra descer, todo santo ajuda!", refletira.

Durante a manhã e a tarde do primeiro dia, buscaria informações diversas. Concluíra que seria o tempo necessário para se inteirar dos fatos passados durante sua ausência.

Pernoitaria na, agora, Traipu. Na manhã do dia seguinte, seguiria em direção às terras de Raul, que distavam menos de meia légua da beira do rio. Usaria a surpresa de sua chegada e o anonimato em seu favor.

Escolhera esse dia e horário porque, na segunda-feira, grande parte da população local se dirigia às ruas daquela comunidade ribeirinha para se abastecer de mantimentos na feira livre semanal. A zona rural costuma se esvaziar nesse dia e turno.

Chegara o dia do embarque. Como pensado, levara poucas peças de roupa.

Próximo ao final da manhã, ao desembarcar, instalara-se em um modesto dormitório, à margem do rio. Reservara o quarto para duas noitadas. Viajara com cabelo e barba por fazer. O chapéu não fora esquecido. Assim, achara, dificultaria um pouco mais seu reconhecimento.

Não perdera tempo. Começara a agir.

— Não deixes para a tarde o que puderes fazer pela manhã. A vós confio! — recordara esse conselho recebido por seu mestre Raul.

Procurara um botequim por perto, para tentar a sorte.

Queria encontrar alguém que lhe desse as informações prévias de que precisava.

A velha tática de servir uns goles de cachaça a um ébrio poderia abrir esse caminho.

Dito e feito! Não fora difícil atrair um residente e assíduo frequentador do boteco para que lhe delatasse os subsídios desejados.

Além da bebida, oferecera um agrado "por fora" pelas dicas que pretendera obter. Os primeiros goles já geraram efeitos positivos no inconfidente.

Soubera que aquela família permanecera residindo no mesmo local.

Yran sobrevivera, mas ficara inválido, com sequela motora e perturbações mentais. Somente saía da propriedade acompanhado por algum cuidador.

Yrene substituíra, parcialmente, seu irmão nas atividades laborais.

O filho dela, de alcunha Ary, era criado e educado lá mesmo, pela mãe. Raramente saíam de onde moravam. Havia rumores de que a mãe não tinha coragem de deixá-lo sozinho com o tio.

A ainda solteira mulher chegara, até mesmo, a contratar vários educadores para ajudá-la na formação educacional de seu filho. Porém, todos saíram dali comentando terem sido intimidados ou forçados pelo comportamento estranho, insano, do irmão dela.

Raul não estava bem de saúde. Não obstante, mantinha-se laborando.

— Pronto! Coletei tudo de que precisava saber — deduzira.

Ledo engano, como se verá adiante. O excesso de confiança é a maior fraqueza dos mais experientes. Manter a humilde, infelizmente, não é uma regra para todos os que têm acesso aos conhecimentos humanos.

Myguel decidira passar o restante do dia descansando. Alimentara-se bem para repor suas energias, preparando-se para o dia seguinte. Seria fundamental estar disposto e saudável para enfrentar o que mais temia:

"Um possível reencontro com o louco que assassinou meu filho e ameaçou tirar minha vida", lembrara.

No dia seguinte, acordara e levantara cedo. Providenciara um equilibrado desjejum, previamente preparado na noite anterior.

A sina de Ynácio Reysh: filhos do Sol, filhos da Lua

Empreendera, logo, em seu próximo objeto: reencontrar-se com Yrene e seu filho e convencê-los a fugirem dali, o mais breve. Se possível, imediatamente, acompanhando-o de volta.

Não passara das sete horas da manhã quando Myguel cruzara por entre os arames. Pisara nos primeiros palmos de terra da propriedade de Raul, na qual trabalhara. A calmaria era patente.

Aproximara-se da casa-sede a passos lentos, espreitando e sempre se acobertando em troncos de árvores e arbustos.

Ao atingir o ponto de guarita mais próximo dessa construção, um pequeno galinheiro situado logo atrás, ao fundo do quintal da casa, acurara sua visão em busca de alguma silhueta humana.

Bem antes de chegar a esse ponto, no entanto, Yran já o avistara.

Como não tinha mais afazeres a realizar, seu desafeto acostumou-se a acordar cedo todos os dias, invariavelmente. Ficava espiando os arredores da casa até a hora em que lhe chamavam para tomar seu café.

Qualquer movimento que pudesse detectar, nesse período, acompanhava e analisava a sua origem. Fazia-o somente para lhe saciar o prazer de controlá-lo, com sua imaginação, a distância.

Esse hábito só era interrompido por uma ação externa à sua vontade, como o convite para cear. Era o seu passatempo diurno predileto.

Naquele dia, não agira diferente.

Tendo notado a presença daquele estranho em suas terras, aproximando-se, sorrateiramente, de seu lar, aguçara mais ainda o seu instinto. Não perdera um movimento sequer do visitante desde a sua varada pelos arames da cerca. Precisava, apenas, descobrir se se tratava de alguém conhecido e se agia com potencial ameaça aos moradores dali.

Myguel não conhecera até que ponto a insanidade de Yran afetara sua capacidade de raciocínio e lógica mental.

Na verdade, a pancada recebida debilitara muito mais as suas habilidades motoras, em virtude da região acertada, do que o seu nível de consciência. Decerto, isso piorara bastante o senso crítico e o equilíbrio moral do atingido. Por conseguinte, potencializara sua agressividade.

Ao chegar ao galinheiro, Yran não tivera mais dúvida. Tratava-se, como suspeitara de que um dia isso iria acontecer, de seu pior inimigo.

Jurara a si mesmo que somente descansaria quando o visse morto e enterrado. Passara todos aqueles anos se preparando e instruindo seu sobrinho para, sordidamente, agir como seu instrumento de trabalho sórdido.

Esse pensamento psicótico o fazia até mesmo delirar. Sonhara, de olhos abertos ou fechados, como seria executado cada passo para realizar seu macabro objetivo.

Nunca ousara desagradar o sobrinho; ao contrário, procurara agradá-lo sempre em todas as oportunidades de contato que tinha com ele e de todas as formas possíveis que conseguira imaginar.

O garoto se apegara tanto ao tio que chamara a atenção da mãe.

Yrene, nos últimos meses, fizera tudo o que pudera para afastá-los. Principalmente quando soubera que, nos últimos tempos, todas as vezes em que precisara se afastar dali, seu irmão levara seu filho para praticar tiro ao alvo. Usavam uma arma que nunca conseguira encontrar, por mais que procurasse.

Em vão! Já era tarde!

Yran conseguira o mais difícil de uma pessoa: sua plena confiança.

Sempre que a sua mãe saía e, em todas as oportunidades, desde criancinha, encucara na cabeça do menino que ela escondia o fato de que a morte de sua irmã gêmea fora tramada por um homem que possuíra sua mãe à força.

Repetia-lhe que aquele ato aberrante precisava ser vingado, custe o que custar. Dissera-lhe que seu estado físico fora consequência de uma luta com o malfeitor, enquanto tentara defender sua mãe daquela maldade.

Para atingir seu ápice, afirmara que precisariam matá-lo na primeira oportunidade que tivessem. Ficara, para isso, comprometido a vigiar todos os dias a sua propriedade, pois tinha certeza de que um dia ele voltaria. Repetia-lhe, sempre, um antigo adágio:

— Todo bandido costuma voltar ao local onde cometeu o crime.

Todas as vezes em que Ary procurara conversar com a sua mãe ou com Raul sobre esse assunto, buscando um esclarecimento de um dos dois sobre esses fatos, narrados às escondidas pelo seu tio, nenhum deles lhe respondia. Sempre desconversaram.

Essa omissão, sem que percebessem, levara a inocente cabeça de Ary a acreditar que seu tio estaria certo. Terminara acreditando, cegamente, nas errantes conversas do tio.

Passara a ver sua mãe e Raul como pessoas que não lhe deram a devida confiança, que tanto almejara. Entregou-se às loucuras do tio antes de ter desenvolvido seu senso crítico, ao ponto de discernir sobre o que era certo e o que não acreditar em um adulto, mesmo em se tratando de um familiar próximo.

Diferentemente de Yran, Yrene e Raul jamais tiveram coragem de culpar alguém pela tragédia ocorrida. Preferiram o silêncio.

Os fatos, ora vivenciados por Ary, são uma prova de que o silêncio não pode ser taxado como uma arma infalível. Necessário, sim. Mas, como toda arma, há momentos de uso proibitivos.

A escolha cabe, decerto, ao livre-arbítrio de cada um. Cada caso deve ser tratado como único.

Esse comportamento dos demais familiares perante Ary, negando-lhe sempre discorrer sobre aquela tragédia, ajudara ainda mais Yran a controlar, totalmente, os passos do sobrinho.

Percebendo que Myguel tentara se aproximar da porta dos fundos para ingressar na casa, Yran dá continuidade ao seu macabro plano.

Ao se postar colado à entrada dos fundos, Myguel ficara animado quando, bem devagar, empurrara a porta e não sentira qualquer resistência dela ao esforço empreendido. Procurara não gerar, com o seu deslocamento, barulho algum que chamasse a atenção. Ao tê-la, finalmente, aberto o suficiente para adentrar, ouvira, admirado, a seguinte frase, dita a duas vozes e em uníssono:

— Surpresa!

Myguel sentiu, de imediato, um forte impacto no seu peito esquerdo.

O barulho do primeiro tiro despertara a atenção das empregadas e de Yrene. Em seguida, ecoa no ambiente outro idêntico som. Era a garrucha de Raul, desaparecida há anos, trabalhando novamente.

O novo disparo atinge a testa do já cambaleante Myguel. A trágica cena finda seu ato com mais uma frase repugnante:

— Agora, todos foram vingados! A cortina se fecha mais uma vez.

Também, mais uma vez, a prosa que rola entre Ynês e Carla, na varanda da casa, é interrompida por Rita, que declina outra de suas inocentes e impactantes frases:

— Comadre!

— Minha linda afilhada! Podemos entrar?

Como prometera, ela está acompanhada do marido, acenando da porteira; informando, com a sua chegada, que aceitara mesmo o convite para almoçar com ambas.

O tempo parece ter encolhido para aquelas duas. Ao olhar seu relógio, Carla percebe que passaram das 11h30.

O almoço, nessas bandas, costuma ser servido mais cedo. Não são poucos que o fazem às 11 horas.

Como o serviço diário, normalmente, começa nos primeiros raios do Sol — alguns, antes disso, como os tiradores manuais de leite —, tudo ali se adianta.

Tem tal costume suas vantagens. Por exemplo: findar mais cedo a jornada de trabalho, a qual ocorre, quase sempre, a partir das 16 horas, e, estender para, pelo menos, duas horas o descanso reservado ao almoço.

Dá, até, pra bater uma bolinha no final da tarde, num improvisado campo de futebol.

Também tem seu lado social preocupante. São exemplos: "fazer menino" costuma ocorrer com os primeiros sinais da chegada das "regras" nas adolescentes; e iniciar no trabalho duro desde a tenra idade.

Ouvindo o aviso de Rita, Ynês os convida para se aproximarem.

Pede para entrarem na casa, pois: — o Sol não está de brincadeira e vai cozinhar o juízo dos dois — afirma a anfitriã.

Sempre curiosa, Rita solta outra pérola no ar.

Dessa feita, endereçada a Carla, mas que atinge, quase mortalmente, Ynês:

— Minha afilhadinha linda! E aí? Gostou de saber que ela é a sua mãe de verdade?

Carla, admirada e surpresa, sem degustar direito o sabor ainda desconhecido daquelas palavras, quase não consegue responder:

— Minha mãe? De verdade? — indaga, voltando-se, instintivamente, para Ynês.

Percebendo que adiantara um fato ainda desconhecido da sua pretensa afilhada, Rita murcha e deforma um pouco a face. Reconhecera, em seu íntimo, que, dessa vez, precipitara-se demais.

Cosme a ampara, bucólico, abraçando-a de lado. Permanece calado, como chegara.

Carla mira Ynês, ainda muito surpresa com aquela afirmação, aguardando dela uma resposta.

— Sim!

— Eu sou a sua verdadeira mãe!

CAPÍTULO 3

QUEM SOIS

3.1 Anyka Reysh

Ynês leva os convidados até a porteira, após um breve e debatido almoço, tranquilizando o casal quanto à recuperação de Carla.

Com o choque, seguido de uma forte tensão nervosa, a agora sua filha descompensara e desmaiara. Fora posta em sua cama para descansar, com a ajuda de Cosme e de Rita.

Aproveitam, durante a refeição, para tratarem de decisões iminentes e de estratégias futuras em virtude do ocorrido na noite passada, bem como pelo grave fato do assassinato de Ynácio Reysh.

Cosme, antes de sair, informa a Ynês que acompanhará a esposa de volta à residência e, após uma breve prosa com Rita, retornará para cuidar dos animais. Pede à patroa que aproveite o restante do dia para findar a conversa iniciada, que esclareça tudo e tome, em conjunto com a filha, o melhor rumo para ambas.

Conclui, afirmando que apoiarão a decisão que tomarem, seja ela qual for.

— Dê um abraço e um cheiro em nossa querida afilhada, por nós, quando ela acordar! — despede-se.

Começa a anoitecer quando Carla dá os primeiros sinais de sobriedade.

Dessa feita, é ela quem está deitada, tendo, ao seu lado, sua ex-tia e, agora, mãe.

— O que houve? — são suas primeiras palavras.

Expressa um comportamento de que, talvez, tenha tido um leve apagão em sua memória.

— Você está bem? — pergunta Ynês.

— Minha cabeça dói... Parece que está tudo girando!

Como não tinha se alimentado desde o café da manhã, Ynês pede que permaneça deitada. Sua mãe fora providenciar um copo de garapa para ajudá-la a se recuperar.

Ao retornar da cozinha, com o copo na mão, e começar a adentrar no quarto, ouve:

— A senhora é mesmo a minha mãe? Esses anos todinhos vocês esconderam isso de mim?

Antes de se levantar da cama, demonstrando, outra vez, querer descompensar — mais para a fúria do que para um debate equilibrado —, Ynês, em tom severo e firme, a interpela e ordena:

— Filha, você acha que foi fácil para nós esconder isso de você até hoje? Você viu o que aconteceu com o seu pai? Sente-se, por favor! A nossa conversa apenas começou... Tome, beba! — estendendo o copo para a filha.

Continua:

— Vai fazer bem pra você. Você deve estar ficando fraca! Nem dormiu direito, desde ontem à noite, nem almoçou até agora. Vamos continuar nossa conversa aqui mesmo! Só assim, quem desmaiar já vai cair direto na cama!

Essa frase, proposital, ameniza mais um pouco a tensão entre as duas.

— Beba a garapa que, daqui a pouco, vou lhe trazer um prato feito, com muita comida, para continuarmos a prosa — conclui, entregando o copo e saindo, novamente, em direção à cozinha.

— Se quiser alguma comida específica, fale, que eu colocarei no seu prato — acrescentou ao sair.

Já acomodada na cama, sentada ao lado de Carla — a qual segura o prato e começa a dar as primeiras garfadas, mostrando estar mesmo com fome —, Ynês prossegue:

— Meu nome verdadeiro é Anyka Reysh.

— Reysh, na verdade, não é o sobrenome do seu pai, Ynácio.

— E por que lhe chamam de Ynês? — indaga Carla.

— Pois bem, a história é a seguinte: com a morte de Myguel, Yrene, no mesmo dia, arrumara as coisas dela e as de Ary, seu filho, e partiram dali.

Tomaram uma embarcação para o lugar mais distante que pudessem ir. Não se despediram nem queriam que ninguém da família soubesse para onde iriam.

Uma canoa de tolda estava zarpando e ela, sem pestanejar, pedira para embarcar e seguir seu rumo.

Essa embarcação tinha, como destino, o último ponto navegável rio acima: o povoado de Piranhas.

Yrene, com a ajuda de uma de suas auxiliares domésticas, levara alguns gêneros alimentícios e, escondida, uma pequena sacola de pedras lapidadas.

Passando pelo distrito de Pão de Açúcar, subindo a correnteza três léguas adiante, ela avistara o início de um pequeno povoado às margens do rio.

Curiosa, procurou se inteirar sobre aquele arruado, ouvindo do navegante que não tinha certeza da origem daquele povo.

Notara, recentemente, uma movimentação maior de estrangeiros por aquelas águas. Corriam boatos de que eram imigrantes de longe, da Europa e do Oriente. Por lá, uma guerra de enormes proporções teria acabado de findar, numa região chamada Crimeia.

Muitas nações tinham se envolvido nesse conflito; inclusive, a da primeira imperatriz brasileira.

Como sempre ocorria, muitas terras foram devastadas, tanto por ações das tropas amigas, quanto das inimigas, que se apossaram das colheitas dos lavradores de terras. Essa prática, dita necessária para alimentar os intentos ideológicos bélicos desses dirigentes, ocorrera por toda a história da humanidade.

O desastre artificial provocara uma enorme movimentação de massa de pessoas em busca de lugares mais seguros. A política de migração oficial brasileira atraiu muitos para estes mares, de diversas origens.

Artesãos e agricultores sempre estiveram na linha de frente, na esperança de, aqui, encontrarem um lugar seguro para sobreviverem.

Não satisfeita com as explicações, Yrene buscara informações com outro barqueiro. Esse novo elemento contara-lhe que se tratava de pessoas pouco conhecidas.

Elas tinham se estabelecido por aquelas margens há algumas décadas, após o barco que as conduzia naufragar, por ter colidido com um rochedo submerso.

Adiantara que os sobreviventes do desastre, os primeiros moradores dali, eram pessoas da pele branca e falavam palavras estranhas, de uma língua desconhecida dele. Todavia, seus descendentes já tinham se misturado com os caboclos da região.

Acrescentara, ainda, que eram pessoas alegres, muito receptivas e gostavam de produzir artesanatos de tudo de que dispunham.

Yrene resolvera descer ali mesmo. Sentira um cheiro de oportunidade no ar. Iria arriscar a sorte grande naquela pequena comunidade.

Fora bem acolhida e acomodada na casa da moradora mais velha do local, que ficara viúva havia alguns anos. A anciã tivera a maior satisfação em recebê-la como companhia, bem como seu filho.

Ary, que ficara com um comportamento arredio, meio aéreo, após a tragédia em que se envolvera, crescera e fora educado ali mesmo, quase não saindo de casa. De quando em vez, era levado a aprender a confeccionar peças de artesanato com os demais jovens dali.

Sua mãe, quando ele completara 20 anos, achara que ele estaria recuperado do trauma de infância. Nunca o culpara e evitara tecer comentários sobre aquela tragédia.

Não obstante, procurara envolvê-lo com os conhecimentos tradicionais apreendidos com as lições, quase diárias, de Raul.

Fora marcante, também, a participação e a ajuda de Amélya, sua acolhedora e patrícia. Esta fora informada de todo o seu passado e abraçara a causa em favor da recuperação da criança.

Sentindo-se confiante, Ary informara à mãe que partiria à procura de uma ocupação que o tornasse independente financeiramente.

Houve de Yrene uma proposta:

— Você quer aprender um ofício diferente desses artesãos?

— Como assim? Que ofício? — pergunta à mãe.

— Mineração! — ouve.

— Trabalhar garimpando, como Raul? — responde, deixando Yrene preocupada com a reação a seguir.

— Sim, garimpando pedras! — responde-lhe.

— Aceito! Quando vamos começar? — diz Ary.

— Essa é uma profissão muito cobiçada e muito delicada — ouve da mãe. — Pode atrair todo tipo de pessoa contra você. Tenho que lhe ensinar a se defender também! — conclui.

Mãe e filho começaram logo cedinho, antes mesmo que os primeiros raios de Sol despontassem no horizonte, na manhã seguinte.

Levantaram-se e, como combinado na noite anterior, providenciaram marmitas para seguirem em direção às serras pedregosas que circundavam aquele pequeno vilarejo.

Não queriam chamar a atenção daquela comunidade. Eles usaram, como álibi, sempre a mesma história: estariam desbravando novos caminhos e aproveitavam para caçar.

Como Yrene detinha o conhecimento das pedras, já havia detectado forte presença de alguns metais semipreciosos na área. Presenciara algumas minas, a céu aberto, de material ferroso, de baixo valor comercial.

Adotaram praticar o aprendizado na longa tira de terras de um tal de Seraphim Pinto, um migrante lusitano que mal tinha tempo de ali aparecer.

Esse proprietário das terras morava em Pão de Açúcar, uma recém-criada unidade territorial, poucos anos antes de eclodir o novo regime político sob o qual viviam agora: "A República dos Estados Unidos do Brasil".

Sete longos anos, de inteira dedicação de Ary aos estudos transmitidos por sua mãe, tinham passado.

O aluno demonstrara uma boa perícia para com o novo ofício e familiarizara-se com a caça de animais locais, por questão de sobrevivência.

A realizada mãe e instrutora, Yrene, sentindo sua firmeza de propósito e seu nível de segurança, liberara o filho para que seguisse seu próprio rumo.

Ary a tinha como um espelho: uma mulher forte, decidida e destemida. Nunca deixara faltar nada em casa.

Sempre encontrava algo valioso nas suas andanças para negociar nas feiras livres de Pão de Açúcar ou de Piranhas. Agia com muita discrição, presteza e parcimônia em suas transações com as pedras. Lapidava-as às escondidas, em seus aposentos.

Amélya não se incomodara com as atitudes e o comportamento daqueles seus adorados hóspedes. Aliás, considerara essas pessoas uma extensão de sua família. Ficava muito contente quando eles chegavam, quase diariamente, com carne fresca para degustarem.

À noite, após o jantar, Yrene anunciara para Amélya que, finalmente, Ary estaria pronto para seguir e traçar seu destino sozinho.

Amélya compreendera e revelara-lhes um segredo:

— Há muitos anos, um de meus antepassados fez uma empreitada na serra grande, que fica na beira da estrada principal, de chão batido, que dá acesso a Pão de Açúcar, por terra.

A informação que recebera era de que lá, entre suas várias pedras e grutas, haviam encontrado diversos minérios de valor comercial, especialmente, pepitas de ouro.

Essa afirmação final ouriçara os ouvidos de Ary. Todavia, preocupara Yrene.

"Aquela senhora estaria mesmo falando a verdade?", pensara.

"Alguém os vira garimpando naquelas bandas e viera contar-lhe?"

Ainda arrazoara a hipótese de que fora flagrada, sem perceber, manipulando minerais em seu quarto.

Antes que Yrene reagisse, ouviu de sua anfitriã:

— A atividade de garimpo fora uma das primeiras e um dos principais motivos que alavancaram muitas famílias de imigrantes para toda aquela região.

Acrescentara que, no caso deles, como haviam perdido a guerra contra os portugueses, também tinham adentrado naquelas correntes, o curso que servira, por várias gerações, como o maior e mais fácil caminho de integração com o interior da província.

Aquelas águas mataram a sede e a fome de muita gente, assim como dos seus animais de estimação.

Não teriam sobrevivido, em certas épocas do ano, quando o clima dali se torna bastante inóspito para os estrangeiros, caso tivessem se afastado de suas margens por muito tempo.

Na manhã seguinte, já todo equipado e com rações frias para alguns dias, Ary se despedira daquelas tão amadas e adoráveis mulheres.

3.2 Depois da Tempestade, a Bonança

A serra grande, um destaque faraônico naquela vasta esplanada de caatinga, pudera ser vista ao longe logo após Ary atingir o cume do primeiro morro pedregoso, de onde se postara.

Sua imagem já não lhe era mais estranha. Costumara vislumbrar e admirá-la quase todos os dias, nas caçadas ao tesouro que praticara nos últimos anos, com o acompanhamento e as instruções de sua mãe.

Com relação ao tesouro, soubera dela que existia um escondido por Raul numa ilha fluvial, próximo à desembocadura do Ipanema.

Qualquer dia iria verificar se as informações do mapa que Yrene lhe mostrara, e que o próprio Raul lhe presenteara ainda jovem, tinham ou não fundamento.

Sua pretensão única, naquele momento, era mesmo explorar as pistas que Amélya lhe dera sobre a grande serra. Aquele acidente geográfico natural, apesar de estar a pouco mais de três léguas dali, seria alcançado ainda naquela noite.

A parte mais difícil seria avançar em trechos da caatinga que ainda não tinham veredas, nem picadas abertas.

Abnegado, Ary alcançara o pé da montanha quando a Lua já tinha percorrido a metade do seu caminho noturno. Chegara estafado. De tão cansado, sequer jantara. Saciara sua sede e aninhara-se sob a sombra de um mulunguzeiro.

Ao acordar, na madrugada fria da serra, quase encoberta com um espesso nevoeiro, vira que tinham, em sua roupa, algumas manchas avermelhadas.

De sobressalto, erguera-se e se autorrevistara, procurando algum ferimento grave. Arranhões não lhe faltaram na pele.

No entanto, descobrira a origem das manchas encarnadas da roupa: deitara-se sobre um entulho de flores daquela frondosa leguminosa, que estavam a fermentar aos seus pés.

— Ainda bem — suspirara, aliviado, por não estar com nenhum ferimento grave.

Saciando um pouco da sua fome com charque, farinha grossa de mandioca e uns bons goles de água, organizara a bagagem.

Seguira beirando o suave relevo do entorno da serra, em direção ao sudeste. Percebera, pela primeira vez, os efeitos do microclima existente naquele lugar.

Sua flora, bem mais vistosa do que a existente nas cercanias, tem um tom esverdeado um pouco mais forte, como indicando que sofrera menos com a escassez de água no solo raso e pedregoso daquela região.

Animara-se quando, a poucos decâmetros de onde repousara, deparara-se com um córrego de águas claras e de um sabor refrescante, como se tivessem escorrido de geleiras, tal qual dissera Raul em suas histórias sobre a terra natal.

Aproveitara e reabastecera seus três cantis.

Queria seguir adiante antes de o Sol castigar a área. Pela posição em que se encontrara, a montanha o protegeria dele por várias horas ainda. Explorar era preciso. Não percorrera meia hora e percebera, intrigado, uma sobra entre duas pedras declinadas, uma encostada à outra.

— Uma fenda! — deduzira.

Analisara o terreno e intuíra alguns obstáculos de pedras irregulares a vencer.

— Aqui será meu acampamento — decidira.

Encontrara uma catingueira próximo e se amoitara sob ela.

Aproveitara alguns galhos retilíneos dessa árvore e preparara varas para se dependurar na prática das estripulias que planejara realizar para alcançar a fenda.

Pela metade da manhã, resolvera empreender caminho, abrindo uma trilha, a duros golpes de facão, em direção ao seu objetivo.

Sentira que precisara conhecer melhor aquele ambiente rochoso, com pequenas pedras, que se afastavam facilmente ao serem pisadas. Avançara sobre o suave terreno e atingira a base pedregosa da serra.

Conseguira chegar ali portando apenas duas das quatro varas de catingueira que preparara. Uma delas, a mais flexível, não resistira ao primeiro lance. Quando a fixara ao chão, entre duas rochas, que Ary precisara vencer saltando, entortara e rachara, vindo a ceder ao seu peso.

Não fossem sua habilidade e força, teria se chocado contra um dos rochedos, recheado de cactos, de várias espécies.

Outra vara fora posta, estrategicamente, nesse ponto, caso precisasse recuar. Sabia que não poderia queimar todos os seus cartuchos na transposição dos próximos obstáculos, caso existissem.

As duas que sobraram talvez fossem suficientes para galgar alguns metros e se aproximar ainda mais daquela desejada abertura de pedra.

Faltaram-lhe poucos metros quando se deparara com aquele que achara ser o último empecilho para chegar à fissura. Teria de se arriscar um pouco mais, dependurando-se, dessa feita, no par de madeiras que restaram, como se fossem duas pernas de pau.

Resolvera, antes desse passo, descansar um pouco sobre a rocha onde pisara. Queria ter certeza de que aquela solução era a melhor ou se haveria outra. Teria de arriscar assim mesmo; não visibilizara alternativa plausível.

Para tanto, resolvera deixar, sobre o local em que estava postado, todos os apetrechos que portara; inclusive, suas pequenas vasilhas com ervas medicinais.

Amarrara o pé direito em uma das varas, na altura do salto. O outro deixara livre para, ao avançar, soltar a segunda vara e deslocar-se com a que amarrara o pé.

Respirara fundo e lançara-se à frente, suspendendo a vara do pé atrelado e fincando-a adiante, entre duas pedras menores.

A manobra fora perfeita, não fosse o susto tomado por Ary ao espargir de uma cobra por sobre aquele intrigante obstáculo. Esquivara-se, milimetricamente, do bote da terrível serpente, muito comum nessas bandas.

Percebera, já no ar, que uma cascavel esguichara seu corpo na direção de sua perna esquerda, quase a acertando, não fosse seu rápido movimento lateral, que lhe custou um belo tombo por sob as paredes da fenda.

— A peçonhenta, talvez, tenha sido atingida pela assentada da última vara ao chão, que fixara o pé direito. Ou, por outro incômodo qualquer, reagira em legítima defesa — arrazoara.

— Essas cobras, apesar de expelirem um veneno potente, dificilmente atacam pessoas ou animais. Agem mais em defesa a alguma ameaça. Seu famoso chocalho é sempre acionado para uma potencial vítima, antes de atacá-la.

— A exceção são suas presas naturais para saciar sua fome — analisara.

— Ou seja, ela ficou incomodada por algum ato agressivo e externo, reagindo em defesa própria — concluíra.

Comemorando, de início, pela conquista em vencer aquele difícil obstáculo, Ary continua a vibrar. Mas, dessa vez, de dor, com a pancada que sofrera sobre seu ombro direito, ao cair e ser arremessado de encontro às paredes de pedra da gruta.

Tentara levantar-se, sendo impedido por ainda ter seu pé direito atrelado à vara que usara no último salto.

Como as dores estavam persistindo, resolvera ficar inerte por mais um tempo. Após, desatara e livrara-se da vara, com movimentos cuidadosos.

Amparando-se às pedras, erguera o corpo e iniciara um estudo detalhado do lugar. De início, teve a certeza de que se tratara de uma gruta virgem. Pela preservação do local, nenhum ser humano tivera acesso à fenda.

A dificuldade que enfrentara, somada ao desconhecimento de técnicas modernas para a transposição de obstáculos, como esse que acabara de vencer, com certeza, afastara ou desanimara os curiosos.

Estava reinando, sozinho, em toda aquela longa e, aparentemente, profunda abertura sob a grande serra. Passara o dia quase todo a mapear a área, detectando e catalogando todos os minerais ali existentes.

Antes que anoitecesse, planejara seu retorno. Observara uma grande vantagem na saída. Deduzira que o lance da volta seria mais fácil porque estava em um patamar mais alto, o que tornaria o impulso de transposição das pedras mais seguro.

Retornara ao seu ponto de apoio, à sombra da catingueira. Por prudência, deixara alguns símbolos no entorno daquela fenda para facilitar sua identificação.

As dores recorrentes no corpo o fizeram desistir de adentrar, novamente, na gruta. Resolvera suspender novas buscas.

As descobertas catalogadas o deixaram muito animado e com a certeza de que tinha achado a sorte grande.

Agora, seria prudente se tratar e recuperar seu poder de operacionalidade.

3.3 Outra Chance

Ary, sentindo que não conseguiria permanecer naquele local devido ao seu estado físico periclitante, resolvera continuar seu trajeto em direção ao sudeste.

Beirou a borda plana da serra, numa estrada de terra ali existente, na esperança de encontrar alguma moradia. Precisaria de apoio seguro para se recuperar.

Sua debilidade motora o impedira de caçar. Não arriscara ser imprudente e teimoso a ponto de pôr a sua integridade física em risco grave.

Anoitecia. Encontrar um refúgio seguro, com alguém que pudesse ampará-lo, tornara-se essencial.

Ao longe, vira um leve clarão e deduzira que seria luz artificial. Com muito esforço, conseguira chegar a uma casa, que parecia ser a sede das terras em que andara.

Sentindo muita dor na região torácica, alcançara a porteira da entrada e chamara, com uma voz arrastada:

— Alguém em casa? Preciso de ajuda... — caindo e desmaiando a seguir.

O silêncio que imperava no local ajudara o morador a ouvir os apelos.

Curioso, o proprietário apanhara o candeeiro da mesa de jantar e se dirigira à porta de saída. Levantando a lamparina, percebera a silhueta de uma pessoa deitada ao chão, com o corpo encostado à porteira.

Aproximara-se e, após constatar tratar-se de um homem desacordado, chamara sua esposa e as crianças para que o ajudassem a socorrer o estranho.

Colocaram Ary no quarto de visitas e separaram uma dose de garrafada que costumavam ter em casa, feita com cascas de cajueiro-roxo e aroeira, unha-de-gato, alecrim, angico, arruda, jurema, mastruz, nó-de-cachorro, cumaru, babosa e barriguda.

Todos esses ingredientes foram colhidos nas cercanias do terreno, sendo combinados e adicionados em água com cachaça.

Não obstante, Ary somente daria sinal de vida na manhã seguinte. Ao acordar, expressando um sentimento de agonia, percebera dois rapazinhos ao lado de seu leito, que o encararam com curiosidade.

O menor logo lhe dirigira a palavra:

— Tome, beba isso para melhorar da dor!

Agradecera, pegara o copo de alumínio e bebera o seu líquido. De imediato, fizera uma careta de quem tomara algo de gosto bem amargo e perguntara:

— Que remédio é esse? Tem um gosto horrível!

Os adolescentes soltaram boas gargalhadas.

Então, o que tinha a aparência mais velha indagara-lhe:

— Quem és tu? O que fazes nas terras de nossa família?

No momento, o acamado raciocinara que deveria contar, parcialmente, o que fazia por ali. Articulara-lhe o nome, adiantando que se perdera ao afastar-se demais de sua morada enquanto empreendia-se na mata.

Acrescentara que vivia em um pequeno povoado na beira do rio e saíra logo cedo para caçar animais silvestres.

Quanto mais se aproximara dessa enorme serra, mais se encantara com a beleza ao seu redor. Terminara anoitecendo e, ao iniciar seu retorno para casa, tropeçara em algumas pedras, vindo a machucar suas costelas em uma delas ao cair.

Ary aproveitara sua fala e indagara sobre o nome do possuidor daquela área tão bonita, bem como o de seu interpelador.

— Meu pai se chama Manoel Francisco e meu nome é igual ao dele — ouvira, em resposta.

— Então tu és o Manoelzinho... — e sorrira, ligeiramente, sendo correspondido pelo garoto mais jovem.

Meio zombeteiro, Manoelzinho entregara o nome do outro:

— E tu és o Zé Pereirinha — rindo, em seguida.

Nesse ínterim, aparecera o chefe da família, que acompanhara o desenrolar da conversa encostado à parede, fora do quarto, exclamando:

— Vejo que nosso desconhecido já está bem melhor! Então, venha, levanta-te! Filho, tu e teu primo ajudem o estranho a ficar de pé!

— Depois, levem-no ao recinto de asseio; limpem-se e dirijam-se todos à mesa! Já passamos da hora do café da manhã! Ele será nosso convidado. — Aparentas ser um homem de bem — afastando-se, em seguida, do aposento.

Ao erguer-se, com a ajuda dos meninos, Ary agradecera-lhes. Confessara-lhes que estaria "morrendo de fome".

Falou ainda que, após cair e machucar-se, não conseguira caçar nem comer mais nada. Mal pudera andar até ali devido às dores que o incomodavam, até mesmo, ao tentar respirar.

A sina de Ynácio Reysh: filhos do Sol, filhos da Lua

Todos à mesa, o convidado, indiscretamente, passara a vista ao redor do ambiente e percebera alguns apetrechos e arrumações familiares. Jogara, então, uma frase de efeito, cifrada, no entanto, familiar para alguns:

— Vejo que meu anfitrião é um homem livre e de bons costumes. Posso afirmar que estou me sentindo em família!

Manoel, admirado com aquelas assertivas, respondera-lhe que deveria sentir-se em casa, entre irmãos; que estariam protegidos, entre colunas.

Ary percebera que aquela família de obreiros era uma das várias que migraram em busca de novas esperanças, de uma vida mais tranquila e segura, de um futuro melhor, longe das terras de seus antepassados. Ali, ajudariam a forjar um novo mundo, mais humano, em sua essência.

Aquele dia era uma manhã de sábado e Manoel o convidara para passar o final de semana juntos.

Na segunda-feira, deveria se deslocar à sede da intendência local, pois tinha responsabilidades a cumprir. Aproveitaria e o levaria consigo para apresentá-lo à sociedade e a alguns amigos da confraria local, ainda incipiente.

Adiantara-lhe que, quanto aos estudos, uma vez por mês viajava a Penedo, onde estavam a costurar uma sede fixa para aquela região ribeirinha.

Convite aceito, Ary confessara que estava à procura de uma ocupação e resolvera perambular por aquelas terras, em busca de aventura.

Fora convidado, de pronto, a ajudar Manoel em seus afazeres diários. O ganho seria, inicialmente, pequeno, mas ceder-lhe-ia uma acomodação provisória em Pão de Açúcar. Na verdade, um quartinho nos fundos do terreno de sua residência.

— Esse senhor está, verdadeiramente, sendo um irmão para mim — sentira.

Algo, ainda, o incomodara desde que saíra da casa de Amélya:

"Onde mesmo ficaria esse tal de chão que meu pai comprou de um tal de 'Félix'? Ele enviou, por carta, a informação dessa aquisição a minha mãe. Pela localização em que me encontro, comparada ao que descreveu meu genitor, não estou a quatro léguas dali".

— Sabes montar? — interrompera seus pensamentos, Manoel.

127

— Sim, sei! Quando pequeno, minha mãe me presenteou com um potro bem manso e costumava cavalgar pelas cercanias de casa... — pausa.

As lembranças desagradáveis do trágico acidente com seu pai quiseram perturbar seus sentimentos.

Amadurecera bastante para discernir que, naquele fato, fora tão vítima quanto o pai. Seu tio, sim, fora o verdadeiro culpado, o manipulador e mentor de tudo.

Estava, assim, superado tal sentimento de culpa.

Mais uma vez, percebendo que o jovem homem precisava desabafar algo sério, Manoel passara-lhe a devida confiança e Ary o relata sobre a sina da família:

— O segundo pai morto pelo próprio filho... Isso é muito preocupante! — conclui seu, agora, amigo-irmão.

— Devemos quebrar esse ciclo o mais rápido possível! Tu ainda não geraste família. Deves ficar atento quando isso ocorrer! Antes, precisas estabelecer-se por um período por cá e familiarizar-se com seu novo ambiente de trabalho e vivência.

Passados três anos, Ary já não era mais um aprendiz. Dominara bem o seu ofício de auxiliar burocrático e batera-lhe a saudade de continuar em busca de novos conhecimentos.

Comentara seus intentos com Manoel, em um final de semana no campo, que lhe dissera:

— Daqui a sete dias terá a nossa reunião mensal em Penedo. Estás convidado a me acompanhar! Nesta segunda-feira mesmo, assim que chegarmos a Pão de Açúcar, providenciaremos a reserva dos lugares na embarcação.

— Quanto à sua passagem, ainda estás com pouca renda e esta primeira será por minha custa!

Chegara o sábado. Embarcaram cedo, como de praxe, e partiram para Penedo.

Ao se aproximarem de Traipu, Manoel sugerira que desembarcassem um pouco e aproveitassem a breve parada para beberem um aperitivo.

Ary lembrara, mais uma vez, de cenas do passado.

Limitara-se a dizer que não se sentiria à vontade para tocar os pés naquelas areias, em virtude de seu passado. Seu acompanhante entendera e ambos permaneceram sentados.

Nisso, duas mulheres embarcaram e sentaram-se ao lado desses buscadores. Sorriram e aquietaram-se.

— Tu não te chamas Coracy, amiga de Raul? — interpela Manoel à senhora mais velha. Ouvindo uma resposta positiva, continuara:

— Como está ele? E esta senhorita, eu não me lembro dela... — concluíra.

Antes que a mais velha respondesse, a mais jovem fizera a vez:

— Raul está bem, mas não pôde ir a Penedo. Pediu que fôssemos em seu lugar e nos inteirássemos de tudo por lá, além de tentar resolvermos algumas pendengas comerciais.

— Ah, sim! Chamo-me Jacy, filha mais nova dela, e a acompanharei nesta viagem. O senhor deve saber como falam de mulheres que viajam desacompanhadas...

— Decerto — respondera-lhe Manoel, aproveitando o ensejo para apresentá-las a Ary e iniciarem um saudável bate-papo.

Em dado momento do percurso, a conversa polarizara-se entre os dois casais, separadas as falas pela faixa etária deles.

Ary e Jacy se entenderam tão bem que um convite, por parte dele, para apreciarem a paisagem lá fora tornara-se inevitável.

Os enamorados, após uma boa prosa, não mais esconderam seus desejos carnais, beijando-se, suave e apaixonadamente. Sentiram-se inseparáveis. Não hesitavam em se grudar.

Aquele ato preocupara Manoel e Coracy, que continuaram onde estavam. Eles trataram das consequências possíveis abrangendo o recém-conhecido casal.

O som do apito da nau anunciara que estavam se aproximando do destino.

Ary, que nunca se envolvera com nenhuma mulher, ainda meio acanhado, apelara para voltarem aos assentos e se reunirem novamente. Antes, propusera-lhe: se ela desejasse ter uma vida simples com ele, estaria disposto a formar uma nova família.

Jacy, antes de retornarem ao lugar de origem na embarcação, pegara na mão de Ary e puxara-o, retendo seus passos.

— Tu tens coragem mesmo de me levar contigo amanhã? — indagara-lhe.

O jovem homem, sentindo o peso de sua promessa, hesitara um pouco em responder. Por conseguinte, percebendo poder ser aquela outra chance de mudar sua vida para melhor, constituindo, por fim, sua própria família, disparara:

— Não costumo deixar de cumprir minhas promessas! A decisão caberá a ti! — finalizara. Ficara, porém, apreensivo com o que poderia acontecer dali por diante.

"Qualquer descaminho levaria Jacy para morar no rancho que meu pai deixara. Faltava, apenas, descobrir sua localização. Seria até mais seguro explorar a gruta descoberta morando um pouco distante de Manoel, pois lhe escondi esse detalhe.

Mas, por enquanto, preciso da confiança do meu patrão e estar por perto daquela mina...", concluíra seu pensamento.

Não sabia ele que estava a se envolver com a nova família de Raul, que criara sua mãe. Yrene nascera da relação proibida entre seu avô Yvan e a primeira mulher dele, Laura.

Ficara tão encantado com a jovem que nem tivera a curiosidade de perguntar quem era esse "Raul", marido de Coracy.

Manoel, sem clima para lhe tecer tais pormenores, permanecera a esperar a primeira oportunidade em que voltassem a ficar a sós. Mais uma vez, a força do destino agira sobre aquele ser.

O ciclo continuaria...

3.4 Um Novo Amanhecer

A reunião na confraria, ordinariamente, iniciara às cinco horas da tarde, quando Ary fora apresentado aos demais obreiros.

Um deles, de alcunha Ruy, chamara Manoel à parte:

— Meu irmão, posso preguntar algo de foro íntimo, com a devida vênia, sobre o neófito?

Manoel, decerto, presumira do que se tratava, visto que esse companheiro residira na antiga vila de Porto da Folha, adiantando-lhe o assunto:

— Entendi, meu estimado Ruy! Falar-te-ei, entre pedestais, sobre o novato. Ele é filho de nossa sóror Yrene, a qual, como deves saber, está reclusa em um local distante daqui.

— Foi devidamente instruído por ela e veio ao nosso encontro sob minha proteção e responsabilidade. Está, inclusive, precisando de vossos conselhos.

— Aliás, peço-te, nesta oportunidade, como estás à frente, que convoque, ao final de nossa sessão, uma reunião da comissão de conforto, em caráter extraordinário, para que tratemos da situação dos dois, mãe e filho.

Entendendo o pedido, Ruy acorda para, ao final, reunirem-se reservadamente.

Passara das 19 horas quando, após um descontraído ágape, alguns membros voltaram a se reunir no recinto fechado, sendo dispensada a participação direta de Ary.

Podiam-se ver alguns partícipes portando aventais diversos do normal, com o desenho de um triângulo invertido cruzado e centrado com uma rosa vermelha aberta.

— Aquela sessão será conjunta — deduzira Ary.

Este, conforme acordo prévio, seria representado pelo seu anfitrião, que se incumbira de expor os fatos a debater.

Na antessala de reuniões, permanentes alguns confrades, que apreciavam os diversos alimentos ali dispostos. Nesse espaço, adentraram ao recinto Coracy e Jacy.

A esposa de Raul detectara um conhecido e fora ao seu encontro inteirar-se das novidades para transmiti-las ao marido.

A jovem, com um rápido entreolhar, direciona Ary para um canto e logo abrira o verbo:

— Estou pronta para seguir-te! — sorrira, discretamente, com um ar de felicidade que chegara a encantar o jovem aprendiz.

— Providenciei a compra de algumas vestes e alguns contos de réis para ajudar em nosso sustento! Somente desembarcarei contigo! — concluíra.

Como estivera, no fundo, esperançoso de que ela levasse a sério e aceitasse o convite que fizera, Ary sorrira de felicidade.

— Muito bem! E quanto à tua mãe, ela não expressou nenhuma resistência em tu aceitares o meu convite? — preocupou-se.

— Não te preocupes! Encarreguei-me disso também! Ela entendeu nossa situação e nos abençoou!

— Adiantou-me que estaríamos em boas mãos sob a proteção de teu amigo Manoel e que narraria tudo ao meu pai.

Ary aquiescera-se com aquelas explicações iniciais. No decorrer da viagem, tratariam de outros pormenores, eventuais e necessários.

O casal, que não se conformara apenas com aquele embate coletivo, combinara um novo encontro, também naquela noite. Aproximara-se da meia-noite quando os enamorados se encontraram ao pé da rocheira.

Dessa vez, nenhum olhar impediria que avançassem e deixassem seus instintos agirem.

A primeira vez o amor se fez entre eles. Consagraram-se, assim, em laços maritais.

Era fim de madrugada quando o vapor emitira os primeiros apitos. Os dois correram apressados em busca de seus pertences nas respectivas hotelarias. Hospedaram-se próximos, ao final da ladeira, na orla ribeirinha.

Ao adentrar em seus aposentos, Coracy esperava Jacy. Miraram-se e, de supetão, ouvira da filha:

— Não adianta mais, pois já me decidi! Entreguei-me a ele e não me arrependo! Irei segui-lo aonde ele for!

Desolada e meio desorientada com o que ouvira da filha, Coracy balbucia:

— Que Deus os abençoe! Nossa vida Ele nos dá e Ele nos tira! Pediremos por tu e por ele todos os dias!

Manoel, ao sentir a ausência de Ary no seu quarto, atinara ao que poderia ter ocorrido:

— Um homem daquela idade, suscitando o desejo de uma mulher, não poderia ter agido diferentemente!

Passara o restante da noite a matutar como agiria adiante.

Todos embarcados, os novos nubentes não se desgrudaram mais.

Manoel acertara com Coracy que, assim que ela desembarcasse em Traipu, conversaria com ambos durante o percurso seguinte.

Pediu-lhe a compreensão e entendera bem a gravidade da conversa que tiveram, reservadamente, sobre a situação da filha.

Coracy, ao descer do barco, deseja felicidades e uma longa vida ao casal, despedindo-se de Manoel.

Ruy, que acompanhara tudo ao longe, aproveitara para desembarcar, ao mesmo tempo, seguindo em companhia dessa senhora e amiga.

A viagem seguira sem que Manoel encontrasse espaço para dialogar com o casal. A movimentação de passageiros estava acima do normal e nenhum local reservado sobrara para que palestrassem.

Próximo ao destino final, Ary informara que seguiria com sua nova companhia rio acima. Acertara com ela que iria apresentá-la à sua mãe, Yrene, passando aquela noite por lá.

Prometera retornar no dia seguinte para cuidar, normalmente, de seus afazeres, retornando na mesma embarcação.

Àquela altura, Manoel não poderia agir diferente: abençoou-os e adiantou que o estaria aguardando em seu local de ofício.

Assim que desceram no pequeno arruado, Ary e Jacy acertaram que ela ficaria com a mãe dele por alguns dias. Ele precisava pensar e decidir como e onde viveriam dali em diante, em um próprio lar.

A surpresa da mãe fora enorme. A alegria infestara a casa de Amélya. Uma longa prosa rolou o restante do dia. A noite fora curta para todos.

Em meio às apresentações, revelações foram aparecendo. A inocente Jacy não se dera, ainda, conta da grande provação que teria de enfrentar doravante.

Ao desenrolar das conversas, Yrene fora tomando conhecimento das relações familiares de sua, agora, nora. Os indesejados e inesperados detalhes envolvendo seu irmão acendera uma luz vermelha em seus pensamentos.

Ary ficara cada vez mais mudo. Jacy lhes contara que sua mãe casara-se com um viúvo, já de idade um pouco avançada. Tratava-se de uma pessoa maravilhosa e atendia pelo nome de Raul.

Esse seu padrasto vivia com um senhor mais novo, que tinha quase a idade da mãe dela, de nome Yran. Ele tinha uma índole doentia e tentara, fazia alguns anos, de todas as formas, seduzi-la.

— Foi muito difícil conviver com eles! Minha mãe percebeu a fixação que ele tinha desenvolvido por mim e, sempre que ela se dirigia à rua, levava-me junto. Ainda bem que conheci meu príncipe encantado! — dirigindo seu olhar para Ary.

Este expressara uma cara de preocupação, prontamente notada pela palestrante.

— O que houve? Falei demais? — concluíra, com o rosto em formato de preocupação.

— Ary, foi ótimo trazeres ela até nós! O casal deve estar cansado da viagem. Prepara um banho para ti e para ela, que irei arrumar o quarto para deitarem — adiantou Yrene.

— Agradecemos, minha mãe! Tenho que voltar cedinho ao meu trabalho. Terás uns dias para falares com calma e conscientizar Jacy sobre nós!

Com o sentido aguçado pelas experiências de vida, Amélya interferira. Viviam em um novo século, e as mudanças sociais, econômicas e políticas ensejavam novas atitudes.

Oferecera o seu quarto para que aquele jovem casal o ocupasse, de agora em diante, até firmar um lar. Informara que não aceitaria um não como resposta.

Tinha-os como família e seria um prazer ceder seus aposentos ao casal.

Após se banharem, cearam e recolheram-se.

Jacy tentara tirar alguma informação do constituído marido, mas fora em vão. Ary pedira-lhe calma e compreensão.

Adiantara que sua mãe seria a pessoa mais adequada para lhe falar sobre quaisquer dúvidas suscitadas. Prosseguira, dizendo-lhe que o dia seguinte seria um novo amanhecer. Precisaria acordar cedo para tratar do futuro lar, para que os dois pudessem viver em plena intimidade.

Estas últimas palavras trouxeram alento às preocupações da moça. A desde já senhora Jacy sentira que encontrara alguém decidido a lhe dar segurança.

3.5 Sítio Alegria

Conforme prometera, Ary apresentara-se a Manoel no horário normal do trabalho. Combinaram de, na hora do almoço, planejarem e direcionarem os novos passos a serem seguidos pelo auxiliar, em virtude das recomendações de Coracy e do passado que ligava as duas famílias.

Durante esse evento, Manoel informara a Ary que recebera, há alguns meses, a informação que este lhe encomendara sobre a exata localização das terras compradas e deixadas por seu pai, Myguel.

Adiantara que não lhe contara antes porque encarregara o seu filho, com a ajuda de seu sobrinho "Pereirinha", de visitarem o local.

Fora feito um levantamento real e eles não só confirmaram, como também restabeleceram os marcos divisórios do pequeno móvel rural.

Por fim, o antigo possuidor, senhor Félix, concordara em assinar a transferência definitiva para o nome de Ary. Contente com aquela notícia, não se contivera e agradecera, em lágrimas, ao seu tutor.

Sucederia que, no próximo final de semana, iriam, a cavalo, e conheceriam, pessoalmente, tal lugar. Segundo lhes informara Manoelzinho, o local não distaria mais do que duas léguas de sua propriedade.

Daria para irem e voltarem no mesmo dia, ainda com a luz do Sol.

Fariam, todos, uma boa cavalgada.

Os dias passaram muito lentamente para Ary. Quase abandonara tudo para ir buscar Jacy e levá-la consigo ao que almejara ser seu novo lar. Com muito esforço e paciência, Manoel conseguira contê-lo.

Não chegara ao anoitecer da quinta-feira dessa semana quando, quase à boquinha da noite, Yrene e Jacy riscaram na porta do ofício de Manoel.

Surpreso com a visita, ele percebera a aflição daquelas senhoras e adentrara com elas em uma seção reservada, sem que Ary percebesse.

Yrene simbolizara o pedido de socorro. O obreiro entendera e as escondera nos fundos da edificação, recomendando que somente atendessem a ele próprio.

Ary estava se arrumando para deixar o ambiente. Dirigia-se ao gabinete de seu patrão quando se deparara com ele no corredor central do prédio. Demonstrando um pouco de aflição, Manoel procurara disfarçar e o convidara para jantar.

Alegara Ary, que faria serão aquela noite e precisaria retornar ao trabalho.

O rapaz tentara convencê-lo a vir junto, mas fora dissuadido a descansar. Teriam um longo final de semana e apenas o dia seguinte para providenciarem todos os detalhes da viagem.

Depois de despistar Ary, Manoel contatara dois colaboradores da família para o apoiarem.

Despachara as duas senhoras para a casa de um primo. Solicitara que, discretamente, conduzissem-nas pela manhã à sua propriedade rural e lá as hospedassem.

No sábado, iria buscá-las. Preferira, naquela noite, não tumultuar a rotina de Ary.

— Seria melhor assim — decidira.

Na manhã seguinte, ao se dirigirem juntos para o local de trabalho, Manoel surpreendera protegido dizendo-lhe:

— Concordas ir hoje mesmo, no final do expediente, para minha casa de campo? Estou tão ansioso quanto ti para conhecer teu sítio! — complementara.

Surpreso, Ary exclamara:

— Não poderia ter recebido um convite melhor!

Findara o dia e os dois se conduziram à cocheira que existia nos fundos do terreno da residência de Manoel, perto dos aposentos e da moradia de Ary.

Ali, dois vistosos cavalos os aguardavam, devidamente arreados, alimentando-se. Colocaram seus respectivos alforjes e montaram, partindo.

Na viagem, Manoel não conseguira conter o segredo. Utilizando-se da temperança, contara-lhe da surpresa que tivera no dia anterior. Descrevera todas as providências tomadas e advertira-o de que perder a calma nessas horas só atrapalharia tudo.

Quase não se contendo, Ary quisera apressar os passos do animal, sendo, mais uma vez, advertido:

— Melhor demorarmos mais alguns minutos a nos arriscarmos em um tombo no escuro! Os cavalos enxergam muito bem à noite, mas um eventual galho poderia provocar um ferimento feio. Melhor mantermos o passo e seguirmos em segurança — finalizara.

Manoel sugerira que, antes de resgatarem as senhoras, fizessem a viagem programada para conhecerem logo as terras de Ary, perto do Retiro. Afinal, as mulheres estariam sendo bem tratadas e se encontravam em local confiável, em propriedade de seus parentes, perto de sua casa de campo.

Ary, buscando ouvir a voz de sua consciência, achara mesmo ser mais prudente deixá-las hospedadas por lá, onde seu mentor as enviara.

Depois que conhecesse suas terras e o estado em que se encontrava o rancho que seu pai construíra, tomaria uma decisão mais apropriada.

Venceram as duas léguas de estrada de chão batido em pouco mais de duas horas. O atraso maior fora para subir a longa e suave ladeira no início da trilha. Manoel percebera que um de seus vaqueiros estava acordado, como a aguardá-lo.

Após breve conversa entre ambos, passara-lhe a informação sobre a cavalgada do dia seguinte. Mandara selar apenas dois cavalos para tal.

Apearam, adentraram, cearam e foram descansar, sem trocarem mais uma palavra sequer. Estavam, ambos, cheios de preocupações e dúvidas.

Amanhecera e Ary já estava a postos, na mesa, aguardando o desjejum.

De repente, Manoelzinho apresentara-se como seu novo acompanhante, pois o pai não mais seguiria viagem por não ter se recuperado da noite anterior.

Acrescentara que seria mais seguro Manoel ficar por ali, pois teria algumas providências pendentes a tomar para evitar ou prevenir surpresas desagradáveis.

Comeram e partiram, a cavalo, estrada afora.

No caminho, cavalgado menos de meia légua, o jovem condutor apontara para algumas construções no horizonte e ditara para Ary:

— Foi ali que meu pai mandara levar sua esposa e sua mãe. Aquela é a sede das terras do pai de Pereirinha. Ao voltarmos, tu vais ao encontro delas. Agora, precisamos apressar o passo dos animais para retornarmos no começo da tarde.

Duas léguas adiante, eles passaram por um pequeno vilarejo, conhecido como Retiro. Daí, seguiram em uma trilha que levaria para o distrito de Limoeiro, quando o guia falou:

— Ary, nós já estamos próximos de teu destino. Em pouco mais de meia hora, estarás pisando em tuas posses.

Ao chegarem à primeira extremidade das terras deixadas por Myguel, seu filho e, agora, proprietário ficara deslumbrado com o visual do lugar.

Fora amor à primeira vista! Sua satisfação superara, em muito, suas expectativas. Estava ciente das limitações locais, em especial, a dificuldade de se abastecer com água potável.

"Em nada irão atrapalhar meu plano de ali me estabelecer", pensara.

Providenciaria isso o mais breve possível.

Percorrera todo o entorno das terras, analisando ponto a ponto do que elas dispunham e o que delas poder-se-ia tirar.

A casa, infelizmente, necessitaria de algumas reformas, como esperava após quase uma década e meia fechada. Seria a primeira medida a tomar. A segunda seria restabelecer o abastecimento de água, limpando e melhorando o barreiro que o pai iniciara.

Resolvera não mais perder tempo e retornar com Manoelzinho.

A ansiedade por saber o que levara aquelas mulheres a fugirem de onde estavam ainda martelava em sua cabeça.

Ao retornarem, após um breve descanso dos animais, Ary ouvira de Manoelzinho que ali seria um bom lugar para viverem. Não havia conhecidos morando por perto.

O local era bem reservado, de pouquíssimo movimento e contornado por grandes proprietários rurais, o que proporcionara uma segurança a mais para eles.

Ary adiantou que precisaria afastar-se do trabalho por um tempo, como também de uma guarita para as mulheres. Ouvira que tudo isso tinha sido pensado por seu pai, Manoel.

— Tu e os teus ficarão hospedados onde as mulheres já se acomodaram. Lá é mais seguro e discreto. Meu tio concordou em ajudá-los ao saber de tua história.

Afinal, todos somos descendentes de imigrantes nestas terras e precisamos ajudar uns aos outros a forjar um novo lar.

Quando ultrapassaram a cancela de acesso ao pátio da casa--sede, no meio da tarde, as mulheres já estavam a esperá-los, acompanhadas de Pereirinha e de sua mãe.

Jacy gritara, ansiosa:

— Vejam, chegaram!

— Apeiem-se e deixem qu'eu leve os animais à cocheira! — avisa Pereirinha.

A anfitriã, sorridente, adianta:

— Devem estar cansados e famintos! Venham lavar-se e se postarem à mesa! Requentarei o almoço para os dois.

Manoelzinho resolvera estender e ficar para o jantar na casa da tia. Queria saber o que levara aquelas mulheres a deixarem seu lar.

Depois de uma longa conversa privada com as duas, o jovem casal e Yrene dirigiram-se à mesa para jantarem.

Apreensivo, Ary agradecera a hospitalidade. Resolvera abrir seu coração para todos os presentes, narrando a sina em que viviam desde os idos de seu avô Yvan. Terminado o monólogo, todos demonstraram compreensão.

Seu Mello, o novo anfitrião da família, lembrara-lhes das dificuldades por que passaram. Foram, forçosamente, obrigados a migrarem em busca de dias melhores.

Esclarecera que Manoel fora quem pedira para ficarem em sua propriedade. Motivo:

— Um desconhecido apareceu em Pão de Açúcar procurando informações sobre Yrene e Jacy.

Estendera a mão a todos e afirmara que, daquele dia em diante, estariam sendo adotados como agregados à sua família.

Como nada de graça tinha o seu devido valor, propunha que as mulheres ajudassem no plantio e na colheita de grãos. Para Ary, pedira que trabalhasse, pelo menos, dois dias da semana no serviço do campo.

Orientara que, enquanto estivesse recuperando as instalações de seu rancho próximo ao Retiro, estabelecesse o mínimo de contato possível com qualquer estranho.

Por fim, que desconfiassem sempre de curiosos e andarilhos que por ventura encontrassem.

— Há muito que se temer por estas bandas. Devemos estar sempre atentos, a tudo e a todos! — concluíra.

Passados alguns meses, Yrene e Jacy já não se aguentavam mais de vontade de conhecer o Sítio Alegria.

Todas as vezes em que Ary retornava, esbanjava felicidade e parrava sobre como estaria ficando o futuro lar. Ficara tão esnobe que Pereirinha, seu acompanhante e ajudante eventual, chegara a adverti-lo, em tom jocoso:

— Cuidado com a ponta do nariz! As mulheres podem não concordar com o que diz quando virem as obras pessoalmente.

Marcaram um final de semana para todos visitarem as inovações e as reformas já implantadas. Sabendo do intento, Mello pedira que o fizessem durante a semana. Seria mais prudente. Chamaria menos a atenção de algum curioso. Assim o fizeram.

Yrene, a primeira a chegar, ao deparar-se com aquela porteira, feita de forma artesanal, começara a sorrir.

Ary, meio encabulado, perguntara:

— O que foi, não gostaram da porteira que fiz? Foi feita para durar cem anos!

Todos riram.

— Com certeza, meu filho! Do jeito que caprichaste na grossura das tábuas e nos mourões de braúna, seus netos irão brincar muito subindo nela!

As paredes da casa tinham sido todas caiadas.

— Essa pintura foi mais difícil, porque tive que buscar a cal nas minas próximas à vila de Belo Monte.

— Os animais sofreram com essa longa subida! Não pude encher os caçuás para não estropiar o lombo dos coitados — concluíra Ary.

Jacy comentara que a casa estaria precisando, apenas, de alguns toques femininos: plantas, enfeites e vida. Yrene concordara, adivinhando aonde ela queria chegar. E propusera:

— Ary, o que faltaria para mudarmos? Vamos fazê-lo amanhã?

Pego de surpresa, o filho pedira-lhe um pouquinho mais de tempo.

As tábuas para confeccionar os bancos e as mesas, coletadas e separadas num canto, estariam aguardando serem talhadas e lapidadas.

Teria, ainda, que adquirir alguns materiais de cozinha, como pratos, talheres e vasilhames.

— Onde teu pai conseguira barro para as paredes e telhas seria a solução! Pelo menos, para as panelas e os jarros — observara a mãe.

— Faremos nossa própria olaria! — concluíra.

Ary concordara e dissera que procuraria saber da fonte do barro, quando Pereirinha adiantara-lhe:

— Deve ser a mina que tem aqui perto, às margens do riacho que passamos por ele!

Determinados, todos saíram para aferir a informação. Confirmada sua localização, decidiram retornar à origem, pois começara a tardar o dia.

3.6 YNÁCIO NASCEU

Alguns meses seguiram e o grande dia chegara: tudo pronto para a tão esperada mudança.

Assim que amanhecera, enquanto aprontavam as malas e as bagagens, Manoelzinho chegara com um carro de boi.

— Ary, está aqui a sua compensação pelos anos trabalhados com meu pai. Trouxe-te, ainda, este potro alazão, todo arreado, como presente para que apareças quando sentires saudades de nós!

Emocionado, o presenteado agradecera e prometera, um dia, retribuir por tudo de bom que lhe proporcionaram. Convidara-os, igualmente, a visitá-los no rancho sempre que quisessem.

Chegaram à entrada do novo lar após o meio-dia. Ary caprichara nos móveis de madeira.

Usara todos os seus conhecimentos adquiridos com aquela comunidade ribeirinha. Talhara alguns desenhos nas mesas e nas cadeiras, deixando-as bem originais.

Descida a mudança, deixara as mulheres a arrumarem tudo e, de imediato, colocara vários potes de barro sobre o assoalho do carro de boi e seguira para o barreiro de água.

A primeira noite ninguém conseguira conter a emoção. Choraram copiosamente pela nova conquista e pela esperança de estarem mais seguros ali, afastando-se do mal que persistira contra eles.

As próximas semanas serviram para que mãe e filho reconhecessem a redondeza, em especial sua diversidade mineral.

Sempre descobriam algo de pequeno valor, a lapidar.

De início, Ary deslocava-se para negociar na feira de rua semanal de Pão de Açúcar. Ali, trocava ideias com Manoel e despachava suas mercadorias para pessoas confiáveis em Penedo e outras localidades.

De quando em vez, uma senhora, aparentando ser um pouco mais nova do que Yrene, detia-se na porteira do rancho.

Pedia, invariavelmente, algo para comer, sendo sempre atendida com alguma sobra de comida do dia. Ao final, oferecia-se para prestar qualquer tipo de serviço doméstico, recebendo uma recusa das moradoras.

Alguns anos se passaram e Jacy, preocupada por não ter fertilizado, confabulara com a sogra a melhor forma de lhe dar um neto.

Yrene, que havia percebido essa demora, combinara em preparar alguns fármacos caseiros, com a condição de que ambos deveriam consumi-los.

Para tanto, sem que Ary tivesse sua virilidade contestada, inventaram um tal de "chá da tarde", como gostavam de fazer os ingleses.

Como invenção de mulher, normalmente, o marido adere para evitar conflitos, todos passaram a tomar, diariamente, chá de inhame após o almoço. Ao final da tarde, chá de unha-de-gato.

Certa feita, Ary ousou perguntar qual ou quais ingredientes as mulheres utilizavam e fora rechaçado por ambas.

Tiro e queda!

No segundo mês, Jacy anunciara que estava desregrada. Faltara-lhe, há dias, sua escorrência. A notícia fora recebida por Ary como um presente divino.

A gestação de Jacy transcorrera normalmente. A hora do parto se aproximava e Yrene começara, como marinheira de primeira viagem, a perceber que não conseguiria realizar o parto sem a ajuda de alguém mais experiente.

De sorte, lembrara que a senhora Mello dissera-lhe que sua ajudante era uma excelente parteira.

O líquido amniótico anunciara que o momento requeria uma decisão imediata.

Atrelaram os bois ao carro e, buscando confortar a esposa da melhor forma possível, Ary acomodara Jacy sobre o lastro do carro, seguindo em direção às terras de Pereirinha.

Yrene, uma autêntica amazona, seguira em frente, a cavalo, para adiantar o pedido de auxílio. Só dera tempo para entrarem no terreiro da casa e estacionarem o carro.

Dona Nanynha, a tocóloga mais conhecida dali, estava chegando, logo atrás, acompanhada da anfitriã.

Ao ver o quadro pintado, calculara que os trabalhos deveriam ser iniciados ali mesmo. A paciente estava em ponto de parir. Mal tocara na parturiente e ela despachara a criança.

— Um menino! — anunciara.

— Um lindo e forte macho!

Todos riram do jeito de falar da parteira.

Jacy continuava a ter contrações, reclamando.

— Outra criança! — proclamara, mais uma vez, Nanynha.

— Dessa vez, uma menina.

— Ynácio e Ynês! — adiantara Ary, com um sorrisão no rosto.

Jacy, um pouco mais aliviada, murmurara:

— Meu Deus, logo dois! Obrigada! — derramando-se em lágrimas.

Sua vontade de ser mãe havia se realizado, com força e magnetismo.

— A natureza divina é pródiga para aqueles que a compreendem! — profetizara dona Mello.

— Acho que ficaremos alguns meses juntos, novamente — concluíra, sorrindo.

Passados cinco meses, a família de Ary começara a arrumar as bagagens para retornar ao sítio. Partiriam na manhã seguinte.

Estando a tomar um pouco de Sol no pátio da casa dos Mello, no final de tarde, Jacy viu uma senhora aparecer na porteira de entrada clamando:

— Uma comidinha, pelo amor de Deus! — repetindo por mais duas vezes.

Jacy, comovida, aproximara-se daquela criatura e reconhecera a pedinte:

— Dona Bela, a senhora por aqui!

Era a mendiga que costumava passar pelo sítio da família e apelar por ajuda, semanalmente.

— Aguarde que te buscarei algo para degustar! — complementa Jacy.

— Deus te abençoe, minha jovem! — respondera a andarilha.

— Se quiseres, deixa um dos meninos comigo, que cuidarei dele enquanto me trazes algo para matar a minha fome!

O apelo da, aparentemente, inocente mulher a tocara, deixando aos cuidados da andarilha sua filha.

Enquanto se dirigia ao interior da casa, em busca de algo para lhe oferecer, Jacy olhara, de relance, a forma carinhosa com que a estranha pegara a menina.

Colocara no braço, afagando-a.

Fora a última imagem que tivera de sua filha.

Mais de um ano transcorrera sem que ninguém conseguisse encontrar o paradeiro daquela pedinte, bem como da criança.

Manoel contatara Coracy e Raul, que vieram visitá-los e nada descobriram.

Quanto a Yran, este continuara recluso no rancho daquela família. Saía muito pouco do local. Sempre que o fazia era para visitar uma senhora, amiga dele.

Segundo dissera a Raul, conhecera-a quando prestava serviço em campo antes de ficar semi-inválido.

Ela morava em um povoado próximo a Belo Monte, de acordo com o que informara.

Este último detalhe aguçara a vigilância de todos. Precisavam descobrir onde ficaria tal lugar.

Não sabiam eles que Yran estava realmente por trás de todas as investidas àquela família. Desde que soubera do envolvimento de Ary com sua desejada Jacy, ele alugara e enviara dois matadores para ficar no encalço de seu sobrinho.

A ordem inicial dele era assassinar, apenas, Jacy. Quando descobrira que ela engravidara, mudara seu plano. Pouparia uma de suas crias e, depois, eliminaria a mãe.

Concluindo que o perigo era bem maior do que pensara, Ary decidira que não descansaria enquanto não localizasse o paradeiro dessa tal de Bela.

A suposta mendiga e sequestradora de sua filha, com certeza, estaria por trás desse pernicioso plano e seria o elo lesivo.

Os anos se passaram, arrastando aquela família para uma indeterminada certeza de construir um futuro seguro para sua prole.

Ynácio completara 10 anos quando começara a ter as primeiras lições práticas nas atividades de sobrevivência e da caça de animais na caatinga. Armadilhas, esperas, flora e fauna foram suas aulas prediletas.

Sua avó, muitas vezes auxiliada por seu pai, iniciara-o nos estudos de conhecimentos místicos, filosóficos e espirituais. Jacy, por sua vez, instruíra-o nas doutrinas cristãs reinantes.

Ary e Yrene cientificaram o garoto de todos os segredos da família, sugerindo-o que se interessasse, também, por mineração. Ele acatara a sugestão e propusera, na primeira oportunidade, conhecer a fenda próxima às terras de Manoel.

A visita à gruta ocorrera seis meses empós essa conversa, de forma bem discreta.

Na oportunidade, Ary apontara o local exato da toca da cascavel. Em poucos anos, o mundo enfrentara, mais vez, um período negro de guerras e destruições.

A agitação social com as notícias vindas do outro lado do oceano amedrontava a todos. No campo, não fora diferente.

De sorte, o país não sofrera nenhum ataque inimigo e servira, ao cabo, como celeiro de alimentos para as nações europeias. Esse fato trouxera uma boa valorização dos alimentos produzidos por todos os agricultores locais.

— Não há um mal que não traga um bem — refletira Ary.

Em uma manhã, logo cedinho, o sitiante convidara sua esposa para caminharem um pouco e apreciarem sua roça.

Ynácio, que acordara cedo, presenciara quando os pais saíram pelas portas do fundo do rancho em direção ao plantio.

Sabia que sua mãe, após o ocorrido com a irmã, jamais cansara de falar que um dia encontrariam e resgatariam Ynês.

Seus pensamentos foram atravancados ao ouvir o estampido de uma arma, seguido de mais dois. De pronto, correra, apanhara e municiara a espingarda de caça do pai. Seguira em direção ao soar dos disparos.

Em pouco tempo, espiara um cavaleiro, com arma em punho, cavalgando e gritando para que seu animal apressasse o passo. Galopava como a querer evadir-se do local.

Sem pestanejar, mirara nele e disparara.

O tiro fora certeiro. Deu para ver o desconhecido tombando e o cavalo seguindo, em disparada. Sua avó também empunhara uma carabina. Correra para frente do rancho, circulando-o como a procurar mais alguém. Ato contínuo, ouve-se um chamado:

— Aqui, depressa! Cuidado, são dois!

Era a voz de Ary, pedindo por socorro.

Estava agonizando. Decerto, resistira ao ferimento. Yrene afastara-se da casa.

Sempre agachada, usando técnicas de aproximação, avançara e embrenhara-se pelo mato. Circulando e procurando sempre se proteger por trás de moitas e troncos de árvores, aproximara-se do palco do crime.

Ynácio demonstrara ser um exímio atirador e um promissor caçador em suas práticas com o pai e a avó. Diante da situação, encorajara-se e seguira em direção ao pai ferido e desprotegido. A mãe, até aquele momento, silenciara.

O adolescente, ao divisar o corpo de sua mãe desfalecido ao lado do seu pai, que tentara erguer-se, grita:

— Mãe, não!

Em seguida, ouve o último monossílabo proferido por seu pai:

— Filho!

O segundo atirador delata-se, apontando e atirando em Ary.

Subsequentemente, Yrene, que se aproximara do local, revida e expõe os miolos do homicida ao vento.

Avó e filho, desolados, constatam a tragédia e lamentam-se.

Perderam os dois parentes, como uma sina, de forma trágica e provocada por pessoas do mesmo laço familiar.

3.7 A LONGA CAVALGADA

Sabendo do drama que se abatera sobre aquela família, Ynácio e sua avó foram convidados para voltarem a residir com os Mello.

Ary e a esposa foram enterrados em um cantinho da terra, próximo a um pé de juazeiro.

A intendência local enviara alguns oficiais, que recolheram os corpos dos meliantes para pesquisa de identificação e demais procedimentos.

Ynácio tornara-se vaqueiro de Pereirinha, o novo administrador dos negócios da família, cujas atividades se fortaleceram nos últimos anos.

Em poucas semanas, após se restabelecerem, Yrene recebera uma intimação, via mandado precatório, convocando-a, com data e hora certas, para comparecer ao fórum de Traipu.

Manoel a intimara e providenciara sua viagem. Ynácio decidira acompanhá-la.

Tensa pela convocação, o amigo notificante acalmara-a, adiantando que se tratava da abertura pública de um testamento.

Chegado o dia, em audiência, o magistrado informara-a que o falecido Raul firmara testamento em vida. Deixara todos os seus bens para ela, com uma condição: cuidar de Coracy e ampará-la até sua morte.

Anos antes, Raul ajuizara a retirada dos eventuais direitos hereditários de Laura e de sua filha, Isabel, por abandono de lar. Corridos os autos, na forma da lei, a causa fora bem-sucedida.

Mesmo sendo ilegítima, Yrene tinha sido registrada como filha, bem assim, Yran. Como seu irmão fora declarado incapaz, civil e penalmente, Yrene passaria a ser sua curadora.

Alegando falta de condições psicológicas para cuidar do irmão, após testemunho público de fatos passados, requerera que o referido consanguíneo fosse transferido, prontamente, para um manicômio.

Alegações aceitas, fora encerrada a reunião.

Antes mesmo de saírem do prédio forense, um coiteiro de Yran deslocara-se, em passo acelerado, ao seu encontro e lhe relatara tudo o que ocorrera naquela reunião judicial.

Prevendo o que poderia ser decidido, o malfeitor antecipara todos os preparos para se evadir dali.

Sua deficiência não o impedira de montar. Fazia-o com certa dificuldade; porém, qualquer apoio em solo lhe possibilitaria fazê-lo.

Escolhera e deixara o melhor equino aparelhado para escapar, caso fosse necessário. Esgueirara-se dali, levando um saquinho onde guardava as mais caras pedras lapidadas guardadas por Raul.

"Com isso aqui, vou vingar-me!", pensara, cavalgando.

O oficiante, sendo informado de que o paciente evadira-se, retornara ao fórum para comunicar o fato.

Yrene, que acompanhara o servidor, juntamente a Coracy, decidira apelar ao juiz novas condições.

Acordaram que todos os imóveis do finado seriam alienados. Yrene, com o arrecadado, compraria uma casa na rua para servir de moradia para Coracy. Contrataria uma acompanhante e autorizaria a aquisição de alimentação diária, uma vez que ela não queria afastar-se dali.

E, por fim, assim que seu irmão fosse capturado, deveria ser recolhido a uma instituição psiquiátrica.

Propostas julgadas procedentes, o ato seguira para o devido registro, publicação e cumprimento.

Ynácio fora designado inventariante e permanecera nas cercanias de sua antiga morada, onde viera ao mundo.

Irresignado com a possibilidade de Yran não ser capturado, sentido o gosto de sangue na boca, Ynácio ordenara que um dos empregados da fazenda selasse um cavalo e saíra no encalço de seu desafeto.

Ocorrera um detalhe, que o preocupara: Yran era conhecedor daquela região.

Passara anos garimpando em campo aberto.

Não seria fácil encontrá-lo. Principalmente, sabendo de todas as técnicas de sobrevivência e de caça — esta, sua maior desvantagem, pela limitação de movimentos.

Sua intuição o levara em direção à apelidada Serra das Mãos. Ali, seu tio encontraria abrigo em várias grutas e teria acesso fácil à água potável.

Ademais, aquele acidente geográfico era rico em fauna e flora.

— Até onça pintada existe por lá! Onde existe um animal do topo da cadeia alimentar, a presa é farta — lembrara-se de uma das lições.

Como um excelente aluno na arte do rastreamento, Ynácio sabia que a pressa seria sua maior inimiga.

Por fim, ouvira sua intuição e seguira, a galope, em direção ao sudeste da grande serra, que se aproxima das terras de Belo Monte.

Os raios do Sol informaram-lhe que iriam descansar e somente voltariam na manhã seguinte. Seu desejo era de continuar. A Lua estava em sua fase nova e iluminava o ambiente.

Estava próximo à borda da serra. Não pararia até capturar, vivo ou morto, o mandante do assassinato de seu pai e o mentor do sequestro de sua irmã. Tinha certeza desses sentimentos.

Percebendo que seu animal precisara de descanso, decidira apear e deixá-lo somente no cabresto. Ampliado seu tamanho por uma corda sobressalente que transportava pendurada na sela, escolhe um lugar próximo, onde um fio de água escorria ladeado por gramíneas.

Pressentira que sua presa humana estaria próxima. Ouvira, por perto, o relinchar típico de dois cavalos, os quais o emitem, naturalmente, quando estão a se aproximar.

Mais uma vez, sua intuição o levara ao caminho certo.

Avançara, a pé, uns 700 metros adiante quando ouvira cochichos de pessoas.

A sina de Ynácio Reysh: filhos do Sol, filhos da Lua

— Mais de uma pessoa! Será ele e algum comparsa? — indagara-se.

Aproximando-se mais, descobrira que a conversa partia de dentro de uma gruta. Talvez, achando que não fosse descoberto, Yran acendera uma pequena fogueira e conversava com...

— Bela! — exclamara, internamente.

Seu primeiro desejo fora partir para cima dos dois; todavia, com a frieza que desenvolvera, a razão estanca seu ímpeto:

— Estou desarmado... Mas eles devem estar portando alguma arma — deduzira.

Testemunhara o encontro do casal e quando ocorrera um abraço caloroso entre os dois. Não conseguira ouvir bem o que disseram, apenas discernira a expressão:

— Apressa-te, vamos!

Precisava agir logo. Não admitiria a fuga do casal. Resolveu retornar, montar e segui-los noite adentro. Necessitou apressar o passo de sua montaria para não perder de vista os meliantes.

Yran aprimorara ainda mais sua audição. Comentara com sua acompanhante que deveriam estar sendo perseguidos.

As traquinagens tramadas durante os últimos anos precisavam sair de sua mente e serem postas à prova.

Combinara com a irmã que tomaria a dianteira e pararia mais adiante, após uma curva ou obstáculo, para atocaiar o intruso. Pedira a Isabel que tentasse manter a mesma distância que vinham tendo do perseguidor.

— Bela, mesmo que seja alguém do governo, precisamos eliminá-lo! Ele não pode descobrir sua identidade — afirmara.

Mais uma vítima de suas delirantes psicoses, Yran, que descobrira o paradeiro da mãe havia vários anos, cooptara a irmã mais nova com suas histórias alucinantes contra Myguel.

Com o desafeto sentido pela rejeição de Jacy, passara a tê-la como novo alvo de suas maledicências. Aliciara a irmã mais nova não apenas lhe ofertando presentes e mimos, como também incutindo e desviando seu senso de razão ao encontro de suas agulhas.

Sua mãe o desprezara e parecia não estar bem da cabeça. Sequer o cumprimentava quando se cruzavam.

Laura entregara-se aos prazeres da carne. Residia em um casebre, de favor, em uma grande propriedade, ali perto, atuando como amante do latifundiário.

Yran envolvera Isabel na trama quando soubera que Yrene resolvera acoitar-se com a decisão e o envolvimento entre Jacy e Ary, em seu desfavor.

Ynácio entendera a manobra do tio.

Ambos tinham estudado "na mesma escola".

Não desistira e avançara disfarçando o olhar. Percebera quando, meio desajeitado, Yran saíra da trilha e se abrigara por trás de um rochedo. Aguçara a mente e decidira:

— Avante, cavalo! — diz, picando o animal com as esporas e progredindo em um alucinante galope.

Ultrapassara a tia.

Como a surpresa funcionara como uma poderosa arma contra os inimigos, não garantindo, claro, seu salvo-conduto, reduz o galope numa distância segura adiante dos dois.

Cruzara pelo tio, que sequer mirara certeiramente para ele. Mesmo assim, desferira-lhe um tiro, raspando o seu braço direito.

— Nada grave — observara Ynácio, adiante.

— Yran, não o deixes escapar! Sigamos seu rastro até o final do mundo! — ouvira de Bela.

De imediato, Ynácio trama consigo mesmo deixar rastros e, de uma distância segura, atrair ambos para uma cova.

— A noite será longa; todavia, a vitória é dos que persistem no objetivo — aconselhara-se.

Um cavalo, a passos normais, percorre uma légua por hora. De onde se encontravam, em linha quase reta, teria quatro léguas à frente para cruzarem o leito do Ipanema. Até lá, pensaria em como se livrar dos, agora, algozes.

As sinapses em seu cérebro não o deixaram descansar a mente.

Ocorrera-lhe uma ousada ideia. Apressara o passo, sem forçar demais o galope, buscando aumentar a distância que tinha dos tios.

Precisava, pelo menos, de mais três minutos de vantagem.

Ouvira quando dialogaram, em um tom nada moderado:

— Yran, veja, ele está querendo escapar!

— Calma, Bela! Ele deve estar desesperado! Está sangrando muito! Peguei a camisa dele, que ficou pendurada em um galho no caminho, e ela está empapada de sangue!

— Ele deve estar sentindo que vai cair do cavalo e nem sequer deve correr demais!

O plano de Ynácio estava funcionando. Caíram no golpe da camisa. Isso o animara a prosseguir com a trama.

Sentindo que alcançara o tempo perquerido, freara e descera rapidamente do cavalo, já com a corda na mão.

Preparara um laço acima da altura do peito de um cavaleiro, atravessando o caminho, e amarrara a ponta de apoio em um galho forte, com pouco espaço para que o artifício corresse.

Num salto só, voltara a subir no animal e fingira estar passando mal, quase caindo. Quando percebera que o avistaram, soltara um gemido, imitando estar sofrendo de dor, e gritara:

— Não deixarei que me alcancem! Correrei até o povoado mais próximo e pedirei ajuda! Sereis presos! — encerra e inicia uma disparada.

— Yran, pegue-o e derrubas o infeliz do cavalo. Eu não quero ser presa! — grita desesperada Isabel.

Yran, sem raciocinar direito, empreende um vigoroso galope em perseguição ao, então, desconhecido.

Em poucos minutos, Ynácio ouvira o grito sufocado do tio, ao enganchar seu pescoço no laço e ser derribado da cela. Desvia seu cavalo da trilha, escondendo-o por trás de uns vistosos arbustos e retorna, pé ante pé, para o local do acidente.

Yran, verdadeiramente, fora enlaçado e caíra imóvel.

— Miserável! Aleijaste meu irmão! Não descansarei enquanto viveres! — foram as últimas palavras que ouvira de sua tia.

O caçador contornara a cena e voltara para o rancho de Raul.

Fora uma longa cavalgada!

3.8 O Macambúzio

Anyka prosseguira com seu conto:

— Desembaraçado o patrimônio deixado por Raul, Ynácio retornara para Pão de Açúcar. Hospedara-se no mesmo quartinho do pai, na casa de Manoel. Dissertara-lhe todo o ocorrido.

Acrescentara que não mais recebera notícias de Yran, nem de sua tia-avó mais nova.

Laura morrera há alguns anos. Isabel tomara o seu lugar como concubina.

Bela engravidara do amante, mas perdera o bebê. Sua idade avançada para parir não lhe dera saúde para gestar normalmente, abortando-o. Aproveitara o maléfico plano de seu irmão para, após raptar a sobrinha-neta, criar Ynês como se filha sua fosse.

Com o dinheiro que arrecadara na venda, paulatina, das pedras usurpadas por Yran, comprara um pequeno sítio próximo ao povoado Jaramataia. Lá, escondera o irmão paralítico.

O lugar não distava duas léguas de onde residia como concubina. Como sua vida mansa folgava-lhe tempo, estava sempre a frequentar o novo rancho.

Ynácio não se conformara com o desaparecimento de sua irmã. Passaram-se 10 longos anos e ele não conseguira encontrá-la.

A vida no campo sempre tinha novidades.

Há alguns anos, um bando de cangaceiros praticara todo tipo de estripulias na região das terras do patrão, Pereirinha.

Nesses dias, Ynácio ficara de tocaia, a garantir a integridade física dele e de sua família.

Pereirinha e seu primo, Manoelzinho, já estavam casados. Este último, que desposara uma das filhas de Seraphim, era o administrador público dessas bandas.

Manoelzinho pedira ajuda ao governo para combater o cangaço. Quando os samangos chegaram, as devastações nas roças e nas colheitas já haviam ocorrido.

Certo dia, fora Ynácio convidado por Manoel para conhecer uma loja em Penedo. Tinha sido inaugurada há alguns meses e os participantes quiseram conhecer Ynácio, o filho do obreiro Ary.

Fora bem recebido. Começara a se habituar, iniciando nela e frequentando sempre que seu padrinho Manoel comparecia.

Havia poucos anos, o mundo voltara a se abalar com um novo e grande conflito. Dessa vez, estariam recrutando pessoas de várias idades para reforçar a guarda da extensa costa brasileira.

Numa das reuniões da loja, soubera que o neto de um dos decanos, Sr. Santos, fora convocado para atuar na guerra anterior e trabalhara no patrulhamento do litoral alagoano.

Conhecera esse senhor, José, coletor, pois tinha quase a sua idade e casara-se com uma das jovens filhas de Manoel, de nome Maria.

Depois, esse sergipano adquirira terras no vale interno da serra grande de Pão de Açúcar, perto das terras de seu patrão, e Ynácio fizera amizade com ele.

— Nesse novo conflito mundial, até José, o filho mais velho do vizinho do nosso Sítio Alegria, seu Bel, também fora convocado, matutara.

Nessa época, foi a vez de eu entrar na história — alerta Anyka.

— Como assim? Então não és brasileira? — questiona Carla.

— Não! Eu cheguei como órfã de guerra. Meu pai fora morto um pouco antes de este último conflito agravar-se na Europa.

— Na verdade, eu nasci de uma relação forçada entre um soldado alemão, que invadira a divisa da Holanda, e minha mãe, que morava em uma pequena aldeia, perto da fronteira.

— É muito doloroso falar sobre isso... — pausa.

Carla, observando o estado emocional da mãe, distrai-a com outra pergunta:

— Fale-me como conheceste meu pai!

Anyka prossegue:

— Nós conseguimos sair com outras crianças que Irena ajudou a resgatar na Polônia. Nosso grupo embarcou para o sul, em direção a Portugal.

— De lá, os navios seguiriam vários destinos. Perguntaram-me se não queria acompanhar algumas missionárias cristãs, tendo algumas freiras holandesas no meio, que viriam em uma missão por aqui.

— Então foi aí que a senhora conviveu com elas por estas terras? — indaga Carla.

— Isso mesmo! E foi aí que conheci seu pai!

— Como assim? — pergunta, mais uma vez, a filha.

— Seu pai fazia essas viagens a Penedo. Numa delas, eu estava hospedada no antigo convento de lá, fazia alguns anos.

— Resolvi assistir à missa na capela. Lá, observei que um senhor, pelo menos 10 anos mais velho do que eu, começara a me olhar de uma forma que nunca tinha sentido antes.

— Então, foi amor à primeira vista? — brinca Carla.

— Acho que sim! Eu tinha apenas 16 anos e mal ouvira falar sobre essas coisas de namoro! Ele, disfarçadamente, aproximou-se de mim e perguntou meu nome.

— Meu coração quase saiu pela boca! — começa a rir, acompanhada da filha.

— A senhora queria e não queria! — brinca, novamente, Carla.

— Aquilo foi uma grande surpresa para mim! Ele continuou me encarando e dizendo que estava falando sério. Disse-me onde havia se hospedado e deu o endereço de onde residia.

— No momento, não neguei a possibilidade de ir com ele, mas pedi um tempo para refletir.

— À noite, minha cabeça estava confusa. Não consegui dormir e só pensava na chance que teria para constituir uma família.

— Fui criada no campo, com minha mãe. Só nós duas, até ela morrer, ao ser atingida por uma bala perdida enquanto coletava frutas.

— Levaram-me para um abrigo de órfãos. Então, agora, estava eu em uma terra estranha, que me acolhera, do outro lado do mundo.

— De uma coisa eu tinha certeza: não queria ser freira, apesar de acreditar, piamente, em Deus! O destino aponta os caminhos que devemos seguir. Basta ficarmos atentos a isso!

— Alguns dias depois, reuniram-nos no pátio do convento e avisaram que mais missionárias estariam chegando da Holanda para, com outras freiras dali, trilharem rio acima, em direção a Pão de Açúcar.

— Viriam, com o apoio do povo holandês, acompanhar a construção de uma escola moderna nessa comunidade.

— Perguntaram se alguma de nós era voluntária para seguir com elas e eu fui a primeira a levantar.

— Poucos meses depois, eu já estava alojada na casa paroquial da minha nova cidade. Encontrar-me com Ynácio seria questão de pouco tempo. Meu coração não pensava em outra coisa! Incomodava-me a possibilidade de ele estar com outra companhia.

— E como foi esse encontro entre vocês? — indaga Carla.

— Foi interessante e engraçado! Eu saí para comprar algumas frutas e verduras na feira livre. De repente, próximo à banca do peixe, vi alguém olhando para mim, de boca aberta e sem conseguir falar.

— Reconheci que se tratava dele e fui me aproximando, meio sem jeito. Ele correu em minha direção, agarrou-me pela cintura e beijou-me em meio àquele povo desconhecido! Fiquei toda sem jeito... Nunca tinha beijado alguém!

— A senhora deve ter adorado, não foi? — insinua Carla.

— Claro! — responde-lhe a mãe.

— Dali em diante, nós não nos desgrudamos mais. Passei na paróquia, deixei as compras, fiz minhas trouxas e fui-me embora com ele sem, nem saber qual o destino!

— E onde eu nasci? — indaga-lhe a filha.

— Aqui mesmo, nesta casa! Ynácio buscou dona Nanynha e ela me ajudou com seu parto. Não obstante, minha gravidez desenrolou-se com muitas ameaças de aborto. A necessidade de repouso constante afastou-me de minhas atividades domésticas.

— Ynácio, que saía constantemente para garimpar e caçar, conscientizou-se de que eu precisaria de alguém para me acompanhar e ajudar.

— Certo dia, conhecemos a mãe de Cosme, dona Marta, e ela aceitou passar um tempo me auxiliando. Chegada a hora do parto, Nanynha o fez com muita maestria. Eram gêmeos e deram um pouco de trabalho para nascer.

— Então, eu também sou gêmea? — exalta-se a filha.

— Sim, mas somente você sobreviveu! — responde-lhe a mãe.

— E o corpo do meu irmão, vocês o enterraram onde?

Anyka esclarece:

— Próximo ao Poço do Sal, nas terras de seu Bel, tem um cruzeiro. Perto dessa cruz, as pessoas dessa região costumam enterrar as crianças que morrem sem ser batizadas.

— Então foi ali que o enterraram? — pergunta Carla.

— Creio que sim — ouve.

— Como assim, a senhora não participou desse enterro?

— Não, eu ainda estava muito debilitada com o parto. Mas seu pai compareceu.

— E por que a senhora usa o nome de minha tia? Ela está viva?

— Aí é outra história! — retruca a mãe, prosseguindo:

— Quando fugi com seu pai, Ynácio levou-me para morar em Traipu. Fomos para a casa que sua mãe comprou para Coracy. Esta falecera e a casa estava fechada. Ele não queria problemas com os religiosos daqui.

— Seu pai precisava continuar trabalhando com Pereirinha. O movimento de lanchas e canoas havia aumentado bastante no rio.

— Quase todos os dias ele dormia em casa, até que resolveu comprar uma canoa pequena e um motor de popa para adiantar a viagem. Então, passou a vir todos os dias.

— Aproveitou, ao adquirir a embarcação, para resgatar o baú com o restante do tesouro, que ainda continuava escondido na ilha. Alguns finais de semana, vínhamos para este sítio passear e namorar — ela sorri, envergonhada.

— Certo dia, Ynácio ouviu uma conversa de um pescador, no porto de Belo Monte. Esse desconhecido lhe contou ter visto uma senhora tomando banho na Barra do Ipanema com um sinal parecido com o dele, por trás do pescoço.

— Isso fizera com que ele voltasse a buscar pela irmã rio acima, em direção ao povoado de Batalha.

— Lá, num dia de feira, o melhor momento para encontrar alguém que more no interior, avistara sua tia acompanhada de uma mulher parecida com ele. Tentara se aproximar, mas Isabel o vira e desviara o curso, conseguindo despistá-lo.

— Fizera uma boa amizade com Barreto, o filho mais novo de seu Bel, nosso vizinho.

— Durante uma caçada, confessara-lhe as suas apreensões e quase tudo o que vivera. Acrescentara-lhe o desejo de encontrar e resgatar a irmã.

— Barreto prometera ajudá-lo. Dissera-lhe que tinha um influente parente por aquelas terras, de nome Rodrigues. Iria procurá-lo e pedir ajuda, discretamente.

— Após alguns meses, recebera a informação de onde a irmã se encontrava. Também soubera que ela tinha parido um menino, há alguns anos.

— O que conteve Ynácio de voltar a procurá-la, por um tempo, fora a notícia de que eu havia engravidado.

— Ele agradecera ao amigo. Porém, ficara receoso de se expor novamente. Agora, não era apenas comigo com quem teria de se preocupar.

— Aguardaria você crescer. Planejara levá-la para a capital, a fim de protegê-la de um eventual revide dos tios-avôs. Ou mesmo da irmã dele, pois não sabia até que ponto ela estaria aliciada e controlada pelos tios.

— Com a ajuda e indicação de Pereirinha, procurara um parente respeitável dele na capital, dos Mello, que conseguira a liberação de um terreno foreiro para seu pai, no Canaã, distante do centro da cidade.

— Lá, ele construiu a casa onde vocês moraram até ele morrer. Eu voltei para Traipu. Era mais perto da capital. Só vínhamos ao sítio quando Ynácio acertava de trazê-la.

— E o nome Ynês? Onde entra nessa história? — volta a indagar.

— Essa é a pior parte — continua Anyka.

— Quando você já estava acostumada com a rotina da capital, ele colocou o plano, que havia traçado nos mínimos detalhes, em prática.

— Pegou dois cavalos emprestados na fazenda de seu Rodrigues e seguiu em direção ao povoado Jaramataia. Tentou imitar, em parte, o avô, Myguel.

— Era véspera de feira. Acampara ao pé da Serra das Mãos, próximo ao rancho da tia. Aproximara-se do local e sondara todo o ambiente. Lembrara-se da acuidade e dos olhos de lince do tio Yran. Não queria ser surpreendido.

— À noite, preparara um potente mata-leão à base de camomila, maracujá, erva-cidreira e erva-de-são-joão. Todos misturados à carne picada no molho e farinha, para adormecer o casal de cães que vigiava a morada.

— Sabia do grande e costumeiro erro cometido pelos criadores de cães, em deixarem seus animais com fome à noite para ficarem mais ferozes. Seria, na verdade, uma fraqueza na defesa e doma deles.

— De madrugada, conseguira atrair os caninos e concluíra aquela parte do plano. Encostara-se na parede de um dos cômodos e aguardara amanhecer.

— Cochilara e despertara com o barulho da tia acordando sua irmã e dizendo:

— Ynês, cuide de Yran! Hoje, quem vai comigo é seu filho.

— Ynácio pensara em se atracar com a tia. Seria fácil dominá-la pela diferença de idade. Explicaria tudo ao sobrinho e à irmã.

Em seguida, fugiriam dali. Fora contido quando ouvira outras duas vozes adiante da casa:

— Cadê aqueles vira-latas? Devem estar cochilando por aí! Bela, estás pronta? A rapariga de tua sobrinha também vai?

— Ao ouvir aquela forma de tratar sua irmã, Ynácio quase perdera o controle.

— Com a negativa da tia, um dos empregados do amante dela permanecera à frente da casa para aguardá-los voltarem da feira.

— Melhor um passarinho vivo do que dois mortos — dissera Ynácio.

— O vigilante sentara em um banco na varanda e relaxara. Ynácio não queria perder mais tempo. Sabia da jornada que o aguardava para sumir dali.

— Apanhara um porrete de madeira, caído ali pertinho, aproximara-se e avançara sobre o desavisado guarda, batendo-lhe na cabeça. Após, invadira a casa e anunciara:

— Ynês, sou eu, Ynácio, seu irmão! Vim resgatá-la! Vamos embora, rápido!

— Ynês olhara surpresa para ele e dissera:

— Irmão? Que conversa é essa? Nunca tive nenhum irmão...

— Precisando agir rápido para não perder o controle da situação, Ynácio retrucara:

— Olhe para mim! Sou a sua imagem e semelhança!

— Atentando ao pedido do estranho, Ynês tomara um susto e quase desmaiara.

— Irmã, isso não é hora para desmaiar! — dissera-lhe Ynácio.

— Vamos embora que te conto toda a verdade no caminho! Venha, corra e deixe tudo para trás!

— Yran acompanhara toda a cena de perto, imóvel, em sua cadeira de balanço.

— Ynácio acertara para seguir direto ao porto de Barra do Ipanema. Deixara os cavalos com Barreto, que estaria a lhe esperar, com a canoa pronta para embarcarem.

— O amigo se encarregaria de devolver os animais ao parente. Até então, dera tudo certo. Os dois chegaram a este sítio no finalzinho da tarde daquele dia.

— Então, Ynês passou a morar aqui, no sítio — afirma Carla.

— Por poucos anos! — responde, secamente, Anyka.

— Isabel, no início, conformara-se em se livrar da sobrinha-neta. Seria menos uma pessoa para se preocupar. Cuidaria do filho dela da mesma forma que Yran fizera consigo. Tinha planos futuros para ele. Sabia da regra de que "um bandido sempre retorna ao local do roubo". Aguardara, pacientemente, a volta de Ynácio.

— Isso ocorrera três anos depois, quando seu pai quase fora morto por um dos capangas do velho amante dela.

— Ynácio saíra ferido e percebera que o sobrinho não o acompanharia. Ao contrário, vira-o como inimigo e amante de sua mãe, dizendo-lhe que a tinha prostituído. Sequer tivera chance de dialogar com ele.

— Conformado pelos amigos, Ynácio mantivera a irmã por aqui e sempre tentara consolá-la daquela perda presencial.

— E Ynês, minha tia, onde ela está? — insiste Carla.

— Ynês fora morta por uma tocaia preparada por Isabel, quando convencera seu pai a resgatar, mais uma vez, o seu primo.

— Achando melhor ficarmos juntos, em definitivo e num futuro próximo, Ynácio convencera-me a criar você passando-se por sua tia. Pensara que eu ficaria mais segura de algum ato vingativo dela.

— Assim, para todos aqui em volta, eu atenderia por Ynês. Para aqueles que conhecem nossa história, não houve restrições. Quem não conhecesse, continuaria assim mesmo. De modo efetivo, você era minha sobrinha.

— Agora, entendi! — responde a filha, abraçando-a e dando-lhe um beijo demorado no rosto.

Anyka continua:

— Bela aproveitara o ocorrido e denunciara Ynácio à polícia da capital, como assassino da própria irmã.

Carla interrompe:

— Por isso que a polícia dissera-me, quando acabaram de periciar o corpo, que meu pai tinha um mandado de prisão em aberto. Agora entendi!

A mãe prossegue:

— Isso mesmo! Só para incriminar o seu pai. Ela queria atrapalhar a vida dele, de todo jeito!

— A sede de vingança de Isabel, calcada num sentimento impróprio, injusto, inventado por seu irmão mais velho, Yran, há vários anos, aliada às privações de vida que levara na adolescência, tornara-a uma pessoa muito amarga, doentia, amoral.

— Como não tinha limites, investira na descoberta do paradeiro de Ynácio.

— Seu pai soubera que, recentemente, o sobrinho teria se mudado para Maceió fazia alguns meses — emudece...

De repente, tudo parece clarear na mente das duas.

— Foi ele quem atirou em Ynácio! — entoam ambas simultaneamente.

— Ele os encontrou em Maceió — adianta Anyka.

— Pior, ele me envolveu em galanteios, conquistou minha confiança e pediu-me em namoro! — concluiu Carla.

Continua:

— Até comprou minha passagem para vir aqui... Ou seja, Antony tramou a vinda para cá quando eu lhe pedi para comprar a minha passagem! Ele deve ter comprado uma também...

— Mas não o vi no ônibus. Também, com tanta gente! Ele poderia, muito bem, estar no mesmo ônibus, disfarçado em algum lugar do corredor ou em uma cadeira distante da minha.

— Não queria perder essa oportunidade de descobrir onde a senhora estava escondida — emudeceram novamente.

Voltam à realidade quando são interrompidas pelo chamado de alguém:

— Ô de dentro! Sou eu, Cosme!

— Estou indo! Amanhã cedo estarei aqui de volta!

— Obrigada, amigo! Tenha uma ótima noite! — responde a patroa, aliviada.

— Mãe, posso ver o pôr do sol novamente?

— Claro, filha! Daqui a pouco entre, que irei preparar algo para jantarmos! É tão bom ouvir você me chamar de mãe! — responde, emocionada, Anyka.

Carla sai pela porta dos fundos e ouve os insistentes latidos de Bigode.

Dirige-se ao seu animal de estimação e o conduz amarrado pela coleira, prendendo-o em um arbusto ao lado da grande pedra. Começa a subir na rocha.

Todavia, o cão continua ladrando insistentemente.

— Cale-se, Bigode! Preciso de silêncio para me concentrar.

Dessa vez, o animal não lhe obedece e continua a ganir.

A noite começa a tomar conta do ambiente.

Anyka, já na cozinha, começa os afazeres para preparar o jantar. Sente-se aliviada por ter conseguido, finalmente, desabafar tudo o que queria com a filha.

— Agora, posso viver mais tranquila — suspira.

A mulher procura um candeeiro para iluminar o ambiente.

Alguns instantes depois de Carla subir no rochedo, o indesejado acontece.

Ouve-se um disparo de arma de fogo, seguido de um grito:

— Agora vou te matar! Não vai mais ser puta de ninguém e nunca mais vai parir!

Carla salta ao chão, desequilibrando-se.

Levanta-se e corre em direção à mãe.

— Antony, não! Ela não é sua mãe! — grita, começando a soluçar.

— Ela é minha mãe, sua tia!

O rapaz, mirando o revólver próximo à cabeça da vítima, pronto para disparar, detém-se:

— O que dizes? — indaga-lhe o infrator.

E prossegue:

— Ela é Ynês, minha mãe! Abandonou-me ainda criança para ser rapariga de outro homem e se escondeu aqui!

— Mentira! — retruca Carla, soluçando, em choro, e acrescenta:

— Essa é mais uma mentira de nossa tia Isabel! Ela é um monstro! Esta é minha mãe, Anyka Reysh, esposa de seu tio Ynácio! Aquele que você matou em Maceió, na rodoviária!

O rapaz fica atordoado com aquelas afirmações e prossegue com o diálogo:

— Eu não tenho nenhum tio Ynácio! O único tio que tenho está vegetando numa cadeira de balanço em nosso sítio! E aqui não existe nenhuma Anyka — tenta reagir agressivamente, quando ouve:

— Anyka, Carla, vocês estão bem? — é Cosme chegando. Ouvira o estampido dos tiros e correra, desesperadamente, em direção à casa da patroa.

De surpresa, Bigode, que arrancara o arbusto com corda e tudo, pula e abocanha o braço que segura a arma do assassino. Firma bem sua mandíbula, mordendo-o com força, como Ynácio lhe ensinara.

O rapaz não aguenta a dor e solta o berrante.

Cosme, que já adentrara na casa, acerta-lhe um soco no queixo, forte o suficiente para derrubá-lo. Antony desmaia em seguida à queda.

Carla procura panos para estancar os ferimentos da mãe.

Cosme corre em direção à estrebaria, coloca apenas o cabresto num cavalo e monta no animal. Galopa em busca do socorro veicular mais próximo: o jeep de seu Bel.

No hospital, Anyka é induzida ao sono. Carla conversa com o plantonista e este lhe mostra os raios X da paciente. O médico confirma que sua mãe tivera muita sorte em não morrer, foi por um triz.

— Pela posição do atirador, ela estava caindo quando recebeu o segundo tiro. O primeiro atingiu os músculos do braço esquerdo. O segundo não alcançou o coração porque ficou alojado na escápula.

— Talvez não viera a óbito porque esse movimento da vítima e a posição do disparador, que deveria estar de pé e bem próximo, facilitaram o desvio e o alojamento do projétil na omoplata — explica-lhe o esculápio.

Algumas semanas depois, mãe e filha estão de volta ao sítio.

Prometem a si mesmas que, doravante, farão jus ao nome do lugar que seu avô escolhera para aquele rincão:

Alegria!

Muita ALEGRIA, com Luz, Vida e Amor !!!

* *** * ** * **

"Oh! quão bom e suave que os irmãos vivam em união."
(Salmo 133)

FONTES DE CONSULTA

1. Contos, causos e documentos de família: fatos vividos e ouvidos.

2. Rede Mundial de Computadores: "World Wide Web".

3. Blog de Etevaldo Amorim. Disponível em: http://blogdoetevaldo. blogspot.com/.

4. MAUSO, P. V. **Mistérios do Brasil**: 20.000 quilômetros através de uma geografia oculta. São Paulo: Mercuryo, 1997.

5. BROWNE, S. **Sociedades Secretas**... e como elas afetam nossas vidas hoje. São Paulo: Prumo, 2007.

6. DA SILVA, A. J. **Nos braços da poesia**. Maceió: CEPAL, 2010.

7. PARRIS, S. J. **Heresia**. São Paulo: Arqueiro, 2011.

8. FIGES, O. **Crimeia**. Rio de Janeiro: Record, 2019.